COLLECTION FOLIO

« Leurs yeux se rencontrèrent... »

Les plus belles premières rencontres de la littérature

Gallimard

RENCONTRES INSOLITES

ALEXANDRE DUMAS

Les Trois Mousquetaires

Le soir du lendemain de l'arrestation du pauvre Bonacieux, comme Athos venait de quitter d'Artagnan pour se rendre chez M. de Tréville, comme neuf heures venaient de sonner, et comme Planchet, qui n'avait pas encore fait le lit, commençait sa besogne, on entendit frapper à la porte de la rue ; aussitôt cette porte s'ouvrit et se referma : quelqu'un venait de se prendre à la souricière.

D'Artagnan s'élança vers l'endroit décarrelé, se coucha ventre à terre et écouta.

Des cris retentirent bientôt, puis des gémissements qu'on cherchait à étouffer. D'interrogatoire, il n'en était pas question.

— Diable ! se dit d'Artagnan, il me semble que c'est une femme : on la fouille, elle résiste — on la violente — les misérables !

Et d'Artagnan, malgré sa prudence, se tenait à quatre pour ne pas se mêler à la scène qui se passait au-dessous de lui.

— Mais je vous dis que je suis la maîtresse de la maison, Messieurs ; je vous dis que je suis

Mme Bonacieux ; je vous dis que j'appartiens à la reine ! s'écriait la malheureuse femme.

— Mme Bonacieux ! murmura d'Artagnan ; serais-je assez heureux pour avoir trouvé ce que tout le monde cherche ?

— C'est justement vous que nous attendions, reprirent les interrogateurs.

La voix devint de plus en plus étouffée : un mouvement tumultueux fit retentir les boiseries. La victime résistait autant qu'une femme peut résister à quatre hommes.

— Pardon, Messieurs, par…, murmura la voix, qui ne fit plus entendre que des sons inarticulés.

— Ils la bâillonnent, ils vont l'entraîner, s'écria d'Artagnan en se redressant comme par un ressort. Mon épée ; bon, elle est à mon côté. Planchet !

— Monsieur ?

— Cours chercher Athos, Porthos et Aramis. L'un des trois sera sûrement chez lui, peut-être tous les trois seront-ils rentrés. Qu'ils prennent des armes, qu'ils viennent, qu'ils accourent. Ah ! je me souviens, Athos est chez M. de Tréville.

— Mais où allez-vous, Monsieur, où allez-vous ?

— Je descends par la fenêtre, s'écria d'Artagnan, afin d'être plus tôt arrivé ; toi, remets les carreaux, balaye le plancher, sors par la porte et cours où je te dis.

— Oh ! Monsieur, Monsieur, vous allez vous tuer, s'écria Planchet.

— Tais-toi, imbécile, dit d'Artagnan. Et s'accrochant de la main au rebord de sa fenêtre, il se laissa tomber du premier étage, qui heureusement n'était pas élevé, sans se faire une écorchure.

Puis il alla aussitôt frapper à la porte en murmurant :

— Je vais me faire prendre à mon tour dans la souricière, et malheur aux chats qui se frotteront à pareille souris.

À peine le marteau eut-il résonné sous la main du jeune homme que le tumulte cessa, que des pas s'approchèrent, que la porte s'ouvrit, et que d'Artagnan, l'épée nue, s'élança dans l'appartement de Maître Bonacieux, dont la porte, sans doute mue par un ressort, se referma d'elle-même sur lui.

Alors ceux qui habitaient encore la malheureuse maison de Bonacieux et les voisins les plus proches entendirent de grands cris, des trépignements, un cliquetis d'épées et un bruit prolongé de meubles. Puis, un moment après, ceux qui, surpris par ce bruit, s'étaient mis aux fenêtres pour en connaître la cause, purent voir la porte se rouvrir et quatre hommes vêtus de noir non pas en sortir, mais s'envoler comme des corbeaux effarouchés, laissant par terre et aux angles des tables des plumes de leurs ailes, c'est-à-dire des loques de leurs habits et des bribes de leurs manteaux.

D'Artagnan était vainqueur sans beaucoup de peine, il faut le dire, car un seul des alguazils était armé, encore se défendit-il pour la forme. Il est vrai que les trois autres avaient essayé d'assommer le jeune homme avec les chaises, les tabourets et les poteries ; mais deux ou trois égratignures faites par la flamberge du Gascon les avaient épouvantés. Dix minutes avaient suffi à leur défaite, et d'Artagnan était resté maître du champ de bataille.

Les voisins, qui avaient ouvert leurs fenêtres avec le sang-froid particulier aux habitants de Paris dans ces temps d'émeutes et de rixes perpétuelles, les refermèrent dès qu'ils eurent vu s'enfuir les quatre hommes noirs : leur instinct leur disait que, pour le moment, tout était fini.

D'ailleurs il se faisait tard, et alors comme aujourd'hui on se couchait de bonne heure dans le quartier du Luxembourg.

D'Artagnan, resté seul avec Mme Bonacieux, se retourna vers elle : la pauvre femme était renversée sur un fauteuil et à demi évanouie. D'Artagnan l'examina d'un coup d'œil rapide.

C'était une charmante femme de vingt-cinq à vingt-six ans, brune avec des yeux bleus, ayant un nez légèrement retroussé, des dents admirables, un teint marbré de rose et d'opale. Là cependant s'arrêtaient les signes qui pouvaient la faire confondre avec une grande dame. Les mains étaient blanches, mais sans finesse : les pieds n'annonçaient pas la femme de qualité. Heureusement, d'Artagnan n'en était pas encore à se préoccuper de ces détails.

Tandis que d'Artagnan examinait Mme Bonacieux, et en était aux pieds, comme nous l'avons dit, il vit à terre un fin mouchoir de batiste, qu'il ramassa selon son habitude, et au coin duquel il reconnut le même chiffre qu'il avait vu au mouchoir qui avait failli lui faire couper la gorge avec Aramis.

Depuis ce temps, d'Artagnan se méfiait des mouchoirs armoriés ; il remit donc sans rien dire celui qu'il avait ramassé dans la poche de Mme Bonacieux.

En ce moment, Mme Bonacieux reprenait ses sens. Elle ouvrit les yeux, regarda avec terreur autour d'elle, vit que l'appartement était vide, et qu'elle était seule avec son libérateur. Elle lui tendit aussitôt les mains en souriant. Mme Bonacieux avait le plus charmant sourire du monde.

— Ah ! Monsieur ! dit-elle, c'est vous qui m'avez sauvée ; permettez-moi que je vous remercie.

— Madame, dit d'Artagnan, je n'ai fait que ce que tout gentilhomme eût fait à ma place, vous ne me devez donc aucun remerciement.

— Si fait, Monsieur, si fait, et j'espère vous prouver que vous n'avez pas rendu service à une ingrate. Mais que me voulaient donc ces hommes, que j'ai pris d'abord pour des voleurs, et pourquoi M. Bonacieux n'est-il point ici ?

— Madame, ces hommes étaient bien autrement dangereux que ne pourraient être des voleurs, car ce sont des agents de M. le cardinal, et quant à votre mari, M. Bonacieux, il n'est point ici parce qu'hier on est venu le prendre pour le conduire à la Bastille.

— Mon mari à la Bastille ! s'écria Mme Bonacieux, oh ! mon Dieu ! qu'a-t-il donc fait ? Pauvre cher homme ! lui, l'innocence même !

Et quelque chose comme un sourire perçait sur la figure encore tout effrayée de la jeune femme.

— Ce qu'il a fait, Madame ? dit d'Artagnan. Je crois que son seul crime est d'avoir à la fois le bonheur et le malheur d'être votre mari.

— Mais, Monsieur, vous savez donc...

— Je sais que vous avez été enlevée, Madame.

— Et par qui ? Le savez-vous ? Oh ! si vous le savez, dites-le-moi ?

— Par un homme de quarante à quarante-cinq ans, aux cheveux noirs, au teint basané, avec une cicatrice à la tempe gauche.

— C'est cela, c'est cela ; mais son nom ?

— Ah ! son nom ? c'est ce que j'ignore.

— Et mon mari savait-il que j'avais été enlevée ?

— Il en avait été prévenu par une lettre que lui avait écrite le ravisseur lui-même.

— Et soupçonne-t-il, demanda Mme Bonacieux avec embarras, la cause de cet événement ?

— Il l'attribuait, je crois, à une cause politique.

— J'en ai douté d'abord, et maintenant je le pense comme lui. Ainsi donc, ce cher M. Bonacieux ne m'a pas soupçonnée un seul instant... ?

— Ah ! loin de là, Madame, il était trop fier de votre sagesse et surtout de votre amour.

Un second sourire presque imperceptible effleura les lèvres rosées de la belle jeune femme.

— Mais, continua d'Artagnan, comment vous êtes-vous enfuie ?

— J'ai profité d'un moment où l'on m'a laissée seule, et comme je savais depuis ce matin à quoi m'en tenir sur mon enlèvement, à l'aide de mes draps je suis descendue par la fenêtre ; alors, comme je croyais mon mari ici, je suis accourue.

— Pour vous mettre sous sa protection ?

— Oh ! non, pauvre cher homme, je savais bien qu'il était incapable de me défendre ; mais comme il pouvait nous servir à autre chose, je voulais le prévenir.

— De quoi ?

— Oh ! ceci n'est pas mon secret, je ne puis donc pas vous le dire.

— D'ailleurs, dit d'Artagnan (pardon, Madame, si, tout garde que je suis, je vous rappelle à la prudence), d'ailleurs je crois que nous ne sommes pas ici en lieu opportun pour faire des confidences. Les hommes que j'ai mis en fuite vont revenir avec main-forte ; s'ils nous retrouvent ici, nous sommes perdus. J'ai bien fait prévenir trois de mes amis, mais qui sait si on les aura trouvés chez eux !

— Oui, oui, vous avez raison, s'écria Mme Bonacieux effrayée ; fuyons, sauvons-nous.

À ces mots, elle passa son bras sous celui de d'Artagnan et l'entraîna vivement.

— Mais où fuir ? dit d'Artagnan, où nous sauver ?

— Éloignons-nous d'abord de cette maison, puis après nous verrons.

Et la jeune femme et le jeune homme, sans se donner la peine de refermer la porte, descendirent rapidement la rue des Fossoyeurs, s'engagèrent dans la rue des Fossés-Monsieur-le-Prince et ne s'arrêtèrent qu'à la place Saint-Sulpice.

JEAN GIONO

Le Hussard sur le toit

Il se réveilla. Il faisait nuit.

« En route, se dit-il. Maintenant il faut vraiment quelque chose à se mettre sous la dent. »

Les profondeurs, vues du petit palier devant la porte du grenier, étaient terriblement obscures. Angelo enflamma sa mèche d'amadou. Il souffla sur la braise, vit le haut de la rampe dans la lueur rose et il commença à descendre lentement en habituant peu à peu ses pieds au rythme des marches.

Il arriva sur un autre palier. Cela semblait être celui d'un troisième étage, à en juger par l'écho de la cage d'escalier où le moindre glissement avait son ombre. Il souffla sur sa braise. Comme il le supposait l'espace autour de lui était très vaste. Ici, trois portes, mais fermées toutes les trois. Trop tard pour forcer les serrures. Il verrait demain. Il fallait descendre plus bas. Ses pieds reconnurent des marches de marbre.

Deuxième étage : trois portes également fermées ; mais c'étaient incontestablement des portes de chambres : les panneaux étaient historiés de rondes-bosses et de motifs de sculpture à carquois et à rubans. Ces gens étaient sûrement partis. Les carquois et les rubans n'étaient pas les attributs de gens qui laissent leurs cadavres s'empiler dans des tombereaux. Il y avait même de grandes chances pour qu'ils aient ratissé ou plutôt fait ratisser la cuisine jusque dans les plus petits recoins des placards. Il fallait voir plus bas. Peut-être même jusque dans la cave.

À partir d'ici il y avait un tapis dans l'escalier. Quelque chose passa entre les jambes d'Angelo. Ce devait être le chat. Il y avait vingt-trois marches entre le grenier et le troisième ; vingt-trois entre le troisième et le second. Angelo était sur la vingt et unième marche, entre le second et le premier quand, en face de lui, une brusque raie d'or encadra une porte qui s'ouvrit. C'était une très jeune femme. Elle tenait un chandelier à trois branches à la hauteur d'un petit visage en fer de lance encadré de lourds cheveux bruns.

« Je suis un gentilhomme », dit bêtement Angelo.

Il y eut un tout petit instant de silence et elle dit :

« Je crois que c'est exactement ce qu'il fallait dire. »

Elle tremblait si peu que les trois flammes de son chandelier étaient raides comme des pointes de fourche.

« C'est vrai, dit Angelo.

— Le plus curieux est qu'en effet cela semble vrai, dit-elle.

— Les brigands n'ont pas de chat, dit Angelo qui avait vu le chat glisser devant lui.

— Mais qui a des chats ? dit-elle.

— Celui-ci n'est pas à moi, dit Angelo, mais il me suit parce qu'il a reconnu un homme paisible.

— Et que fait un homme paisible à cette heure et là où vous êtes ?

— Je suis arrivé dans cette ville il y a trois ou quatre jours, dit Angelo, j'ai failli être écharpé comme empoisonneur de fontaine. Des gens qui avaient de la suite dans les idées m'ont poursuivi dans les rues. En me dissimulant dans une encoignure une porte s'est ouverte et je me suis caché dans la maison. Mais il y avait des cadavres, ou plus exactement un cadavre. Alors j'ai gagné les toits. C'est là-haut dessus que j'ai vécu depuis. »

Elle l'avait écouté sans bouger d'une ligne. Cette fois le silence fut un tout petit peu plus long. Puis elle dit :

« Vous devez avoir faim alors ?

— C'est pourquoi j'étais descendu chercher, dit Angelo, je croyais la maison déserte.

— Félicitez-vous qu'elle ne le soit pas, dit la jeune femme avec un sourire. Les brisées de mes tantes sont des déserts. »

Elle s'effaça, tout en continuant à éclairer le palier.

« Entrez, dit-elle.

— J'ai scrupule à m'imposer, dit Angelo, je vais troubler votre réunion.

— Vous ne vous imposez pas, dit-elle, je vous invite. Et vous ne troublez aucune réunion : je suis seule. Ces dames sont parties depuis cinq jours. J'ai eu moi-même beaucoup de mal à me nourrir après leur départ. Je suis néanmoins plus riche que vous.

— Vous n'avez pas peur ? dit Angelo en s'approchant.

— Pas le moins du monde.

— Sinon de moi, et je vous rends mille grâces, dit Angelo, mais de la contagion ?

— Ne me rendez aucune grâce, monsieur, dit-elle. Entrez. Nos bagatelles de la porte sont ridicules. »

Angelo pénétra dans un beau salon. Il vit tout de suite son propre reflet dans une grande glace. Il avait une barbe de huit jours et de longues rayures de sueur noirâtre sur tout le visage. Sa chemise en lambeaux sur ses bras nus et sa poitrine couverte de poils noirs, ses culottes poussiéreuses et où restaient les traces de plâtre de son passage à travers la lucarne, ses bas déchirés d'où dépassaient des arpions assez sauvages composaient un personnage fort regrettable. Il n'avait plus pour lui que ses yeux qui donnaient toujours cependant des feux aimables.

« Je suis navré, dit-il.

— De quoi êtes-vous navré ? dit la jeune femme qui était en train d'allumer la mèche d'un petit réchaud à esprit-de-vin.

— Je reconnais, dit Angelo, que vous avez toutes les raisons du monde de vous méfier de moi.

— Où voyez-vous que je me méfie, je vous fais du thé. »

Elle se déplaçait sans bruit sur les tapis.

« Je suppose que vous n'avez plus eu d'aliments chauds depuis longtemps ?

— Je ne sais plus depuis quand !

— Je n'ai malheureusement pas de café. Je ne saurais d'ailleurs trouver de cafetière. Hors de chez soi on ne sait où mettre la main. Je suis arrivée ici il y a huit jours. Mes tantes ont fait le vide derrière elles ; le contraire m'aurait surprise. Ceci est du thé que j'avais heureusement pris la précaution d'emporter.

— Je m'excuse, dit Angelo d'une voix étranglée.

— Les temps ne sont plus aux excuses, dit-elle. Que faites-vous debout ? Si vous voulez vraiment me rassurer, comportez-vous de façon rassurante. Assoyez-vous. »

Docilement, Angelo posa la pointe de ses fesses au bord d'un fauteuil mirobolant.

« Du fromage qui sent le bouc (c'est d'ailleurs pourquoi elles l'ont laissé), un fond de pot de miel et, naturellement, du pain. Est-ce que ça vous va ?

— Je ne me souviens plus du goût du pain.

— Celui-ci est dur. Il faut de bonnes dents. Quel âge avez-vous ?

— Vingt-cinq ans, dit Angelo.

— Tant que ça ? » dit-elle.

Elle avait débarrassé un coin de guéridon et installé un gros bol à soupe sur une assiette.

« Vous êtes trop bonne, dit Angelo. Je vous remercie de tout mon cœur de ce que vous voudrez bien me donner car je meurs de faim. Mais je vais l'emporter, je ne saurais me mettre à manger devant vous.

— Pourquoi ? dit-elle. Suis-je écœurante ? Et dans quoi emporteriez-vous votre thé ? Il n'est pas question de vous prêter bol ou casserole ; n'y comptez pas. Sucrez-vous abondamment et émiettez votre pain comme pour tremper la soupe. J'ai fait le thé très fort et il est bouillant. Rien ne peut vous être plus salutaire. Si je vous gêne, je peux sortir.

— C'est ma saleté qui me gêne », dit Angelo. Il avait parlé brusquement mais il ajouta : « Je suis timide. » Et il sourit.

Elle avait les yeux verts et elle pouvait les ouvrir si grands qu'ils tenaient tout son visage.

« Je n'ose pas vous donner de quoi vous laver, dit-elle doucement. Toutes les eaux de cette ville sont malsaines. Il est actuellement beaucoup plus sage d'être sale mais sain. Mangez paisiblement. La seule chose que je pourrai vous conseiller, ajouta-t-elle avec également un sourire, c'est de mettre si possible des souliers, dorénavant.

— Oh ! dit Angelo, j'ai des bottes là-haut, même fort belles. Mais j'ai dû les tirer pour pouvoir marcher sur les tuiles qui sont glissantes et aussi pour descendre dans les maisons sans faire de bruit. »

Il se disait : « Je suis bête comme chou », mais une sorte d'esprit critique ajoutait : « Au moins l'es-tu d'une façon naturelle ? »

Le thé était excellent. À la troisième cuillerée de pain trempé, il ne pensa plus qu'à manger avec voracité et à boire ce liquide bouillant. Pour la première fois depuis longtemps il se désaltérait. Il ne pensait vraiment plus à la jeune femme. Elle marchait sur les tapis. En réalité, elle était en train de préparer une deuxième casserole de thé. Comme il finissait, elle lui remplit de nouveau son bol à ras bord.

Il aurait voulu parler mais sa déglutition s'était mise à fonctionner d'une façon folle. Il ne pouvait plus s'arrêter d'avaler sa salive. Il avait l'impression de faire un bruit terrible. La jeune femme le regardait avec des yeux immenses mais elle n'avait pas l'air d'être étonnée.

« Ici, je ne vous céderai plus », dit-il d'un ton ferme quand il eut fini son deuxième bol de thé.

« J'ai réussi à parler ferme mais gentiment », se dit-il.

« Vous ne m'avez pas cédé, dit-elle. Vous avez cédé à une fringale encore plus grande que ce que je croyais et surtout à la soif. Ce thé est vraiment une bénédiction.

— Je vous en ai privée ?

— Personne ne me prive, dit-elle, soyez rassuré.

— J'accepterai un de vos fromages et un morceau de pain que j'emporterai, si vous voulez bien et je vous demanderai la permission de me retirer.

— Où ? dit-elle.

— J'étais tout à l'heure dans votre grenier, dit Angelo, il va sans dire que je vais en sortir tout de suite.

— Pourquoi, il va sans dire ?

— Je ne sais pas, il me semble.

— Si vous ne savez pas, vous feriez aussi bien d'y rester cette nuit. Vous aviserez demain, au jour. »

Angelo s'inclina.

« Puis-je vous faire une proposition ? dit-il.

— Je vous en prie.

— J'ai deux pistolets dont un vide. Voulez-vous accepter celui qui est chargé ? Ces temps excep-

tionnels ont libéré beaucoup de passions excep-
tionnelles.

— Je suis assez bien pourvue, dit-elle, voyez
vous-même. »

Elle souleva un châle qui était resté de tout ce
temps à côté du réchaud à esprit-de-vin. Il recou-
vrait deux forts pistolets d'arçon.

« Vous êtes mieux fournie que moi, dit froide-
ment Angelo, mais ce sont des armes lourdes.

— J'en ai l'habitude, dit-elle.

— J'aurais voulu vous remercier.

— Vous l'avez fait.

— Bonsoir, madame. Demain à la première
heure j'aurai quitté le grenier.

— C'est donc à moi à vous remercier », dit-elle.

Il était à la porte. Elle l'arrêta.

« Une bougie vous rendrait-elle service ?

— Le plus grand, madame, mais je n'ai que de
l'amadou à mon briquet, je ne peux pas faire de
flamme.

— Voulez-vous quelques bâtonnets soufrés ? »

En rentrant dans le grenier, Angelo fut tout
étonné de retrouver le chat sur ses talons. Il avait
oublié cette bête qui lui avait donné tant de plaisir par sa compagnie.

« Il va me falloir passer de nouveau par cette
lucarne si étroite, se dit-il ; mais, décemment, un
galant homme ne peut pas rester seul avec une
aussi jeune femme et jolie ; même le choléra
n'excuse rien dans ces cas-là. Elle se dominait
d'une façon parfaite mais il est incontestable que,
pour si peu que ce soit, ma présence dans le

grenier la gênerait. Eh ! bien, je passerai de nouveau par la lucarne si étroite. »

Le thé lui avait donné des forces et surtout un
grand bien-être. Il admirait tout de ce que la
jeune femme avait fait en bas. « Si j'avais été à
sa place, se disait-il, aurais-je réussi aussi bien
qu'elle cet air méprisant et froid en face du dan-
ger ? Aurais-je su jouer aussi bien qu'elle une partie où j'avais tout à perdre ? Il faut convenir que
je suis d'aspect effrayant et même, ce qui est plus
grave, repoussant. » Il oubliait les feux de ses
yeux.

« Elle n'a pas cédé ses atouts une minute et
cependant elle a à peine vingt ans ; disons vingt
et un ou vingt-deux au grand maximum. Moi qui
trouve toujours que les femmes sont vieilles, je
reconnais que celle-là est jeune. »

La réponse qu'elle avait faite au sujet des pistolets d'arçon l'intriguait aussi beaucoup. Angelo
avait de l'esprit surtout quand il s'agissait d'armes.
Mais, même dans ces cas-là il n'avait que l'esprit
de l'escalier. L'homme solitaire prend une fois
pour toutes l'habitude de s'occuper de ses propres rêves ; il ne peut plus réagir tout de suite à
l'assaut des propositions extérieures. Il est comme
un moine à son bréviaire dans une partie de
balle au camp, ou comme un patineur qui glisse
trop délibérément et qui ne peut répondre aux
appels qu'en décrivant une longue courbe.

« J'ai été anguleux et tout d'une pièce, se dit
Angelo. J'aurais dû me montrer fraternel. C'était
une façon magnifique de jouer mes propres
cartes. Les pistolets d'arçon étaient une bonne

ouverture. Il fallait lui dire qu'une petite arme
bien maniée est plus dangereuse, inspire plus de
respect qu'une grosse et lourde, très embarras-
sante surtout quand il y a autant de disparate
qu'entre sa main et l'épaisse crosse, les gros
canons, les lourdes ferrures de ces pistolets. Il est
vrai qu'elle court bien d'autres dangers et on ne
peut pas tirer de coups de pistolet sur les petites
mouches qui transportent le choléra. »

Il fut alors envahi d'une pensée si effrayante
qu'il se redressa du divan où il s'était couché.

« Et si je lui avais porté moi-même la contagion ! » Ce *moi-même* le glaça de terreur. Il répon-
dait toujours aux générosités les plus minuscules
par des débauches de générosité. L'idée d'avoir
sans doute porté la mort à cette jeune femme si
courageuse et si belle, et qui lui avait fait du thé,
lui était insupportable. « J'ai fréquenté ; non seulement j'ai fréquenté, mais j'ai touché, j'ai soigné
des cholériques. Je suis certainement couvert de
miasmes qui ne m'attaquent pas, ou peut-être ne
m'attaquent pas encore, mais peuvent attaquer et
faire mourir cette femme. Elle se tenait fort sage-
ment à l'abri, enfermée dans sa maison et j'ai
forcé sa porte, elle m'a reçu noblement et elle
mourra peut-être de cette noblesse, de ce dévoue-
ment dont j'ai eu tout le bénéfice. »

Il était atterré.

« J'ai fouillé de fond en comble la maison où le
choléra sec avait étendu entre deux portes cette
femme aux beaux cheveux d'or. Celle-ci est plus
brune que la nuit mais le choléra sec est terriblement foudroyant et l'on n'a même pas le temps

d'appeler. Et, est-ce que je suis fou ou bien, que peut faire la couleur d'une chevelure dans un cas de choléra sec ? »

Il écouta avec une farouche attention. Toute la maison était silencieuse.

« En tout cas, se dit-il pour se rassurer, ce fameux choléra sec m'a laissé bien tranquille jusqu'à présent. Pour le donner il faut l'avoir. Non, pour le donner, il suffit de le porter et tu as tout fait pour en porter plus qu'il n'en faut. Mais, tu n'as rien touché dans la maison. À peine si tu as fait ton devoir comme le pauvre petit Français qui l'aurait fait beaucoup mieux et aurait poussé le scrupule jusqu'à regarder dessous les lits. Allons, qu'est-ce que tu t'imagines, les miasmes ne sont pas hérissés de tentacules crochus comme les graines de bardanes et, ce n'est pas parce que tu as enjambé ce cadavre qu'ils se sont forcément collés contre toi. »

Il était à moitié endormi. Il se revoyait enjambant le cadavre de la femme et son demi-sommeil était également rempli de comètes et de nuages à formes de cheval. Il s'agitait tellement sur son divan qu'il dérangea le chat couché près de lui.

Pour le coup, il fut glacé de terreur. « Le chat est resté longtemps dans la maison où, non seulement la femme blonde est morte, mais où certainement au moins deux autres personnes sont mortes. Lui peut transporter le choléra dans sa fourrure. »

Il ne se souvenait plus si le chat était entré au salon en bas ou s'il était resté sur le palier. Il se tortura avec cette idée pendant une bonne partie de la nuit.

COLIN HIGGINS

Harold et Maude

Harold, agenouillé au fond de l'église, écoutait s'élever les sons graves et assourdis de l'orgue. Puis il examina, au-dessus de l'autel, le grand vitrail qui représentait saint Thomas d'Aquin écrivant sur un parchemin à l'aide d'une plume d'oie. Thomas d'Aquin ne s'est jamais marié, se dit-il, et, lançant un coup d'œil sur l'homme couché dans le cercueil encore ouvert : Je me demande si celui-ci l'était et je me demande aussi qui il était.

Le Père Finnegan, à la belle chevelure argentée, monta en chaire et engloba du regard les quelques affligés assemblés aux premiers rangs.

« Et maintenant, mes chers frères, prions Dieu, le Roi de Gloire, de nous accorder sa bénédiction, d'épargner à nos bien-aimés disparus les souffrances de l'Enfer et de ses insondables abîmes. Qu'Il les délivre de la gueule du Lion et des ténèbres, qu'Il veuille bien, dans sa grande bonté, les accueillir au Paradis où ils connaîtront joies saintes et repos éternel. »

Comme le Père Finnegan continuait de débiter

d'un air las les habituelles prières, Harold se
releva sans bruit et prit place sur un des bancs.
Puis il contempla un tableau représentant la
Vierge à qui le peintre avait prêté une expression
douloureuse.

— Psst !

Harold tendit l'oreille.

— Psssst !

Harold se retourna. Dans l'autre aile, à trois
rangs en arrière, une vieille dame à cheveux
blancs lui souriait en lui faisant gaiement un
signe de la main. Harold se détourna. C'est la
femme que j'ai vue au cimetière, se dit-il. Celle
qui mangeait une tranche de pastèque. Je me demande bien ce qu'elle me veut.

— PSSSST !

Harold sursauta, se retourna. La vieille dame
s'était déplacée. Elle était maintenant agenouillée
juste derrière lui. Et elle souriait.

— Vous voulez des réglisses ? lui demanda-t-elle
gentiment en lui tendant un petit sac de papier.

Elle parlait avec un léger accent anglais, ou tout
au moins continental.

— Heu... non, je vous remercie, chuchota
Harold qui s'agenouilla.

— C'était de grand cœur, chuchota la vieille
dame à son tour.

Les yeux fixés sur l'autel, Harold écoutait atten-
tivement se dérouler le service. Quelques minutes
plus tard, il entendit la vieille dame se lever
bruyamment de son banc, faire une génuflexion,
pénétrer dans sa rangée, s'agenouiller à côté de
lui et lui lancer un coup de coude amical.

— Vous le connaissiez ? demanda-t-elle en indiquant du menton le défunt.

— Heu... non, murmura Harold en feignant de suivre avec intérêt le service funèbre.

— Moi non plus, fit gaiement la vieille dame. J'ai entendu dire qu'il avait quatre-vingts ans. Je les aurai la semaine prochaine. Un bon âge pour en finir avec la vie, vous ne trouvez pas ?

— Je ne sais trop que dire, répondit Harold qui se leva tout comme les autres tandis que le Père Finnegan bénissait le cercueil puis que les croque-morts l'emportaient.

— À mon avis, soixante-quinze ans c'est trop tôt, reprit la vieille dame, debout à côté de lui. Mais à quatre-vingt-cinq ans vous marquez le pas ; alors autant passer de l'autre côté.

Les membres de la famille quittèrent l'église.

— Regardez-les, fit la vieille dame en chuchotant et en le tirant par la manche. Je n'ai jamais compris cette manie du noir. Est-ce qu'on envoie des fleurs noires ? Quand elles sont noires, c'est qu'elles sont mortes et je me demande bien qui aurait l'idée d'envoyer des fleurs mortes à un mort. Et, se mettant à rire : C'est complètement idiot ! La mort n'est qu'un passage. Tout n'est que passage.

Harold sortit de son banc. La vieille dame le suivit.

— Que pensez-vous de ce gros vieux Tom ? demanda-t-elle.

— De qui ?

— De saint Thomas d'Aquin, là-haut. Je vous ai vu le regarder.

— Je crois que c'était... heu... un grand penseur.

— Oui. Mais un peu démodé, vous ne trouvez pas ? Tout comme les cygnes rôtis. Oh mon Dieu ! Regardez-moi celle-là !

Ils s'étaient arrêtés devant le tableau représentant une Madone à l'air maussade.

— Puis-je vous emprunter ceci ? fit la vieille dame, prenant dans la poche poitrine d'Harold un stylo à pointe feutre avant d'esquisser en quelques traits un sourire engageant sur les lèvres de la Vierge.

Harold inspecta du regard l'église déserte pour s'assurer que personne ne les observait.

— Là ! C'est-il pas mieux ainsi ? fit la vieille dame. Ces peintres, il ne leur vient jamais à l'idée de donner à cette pauvre enfant une expression rieuse. Dieu sait pourtant qu'elle a de quoi se réjouir. Comme tous ceux-là, d'ailleurs, ajouta-t-elle en regardant plusieurs statues dressées au fond de l'église. Excusez-moi une minute.

Harold esquissa le geste de reprendre sa pointe feutre mais déjà la vieille dame, dans le fond de l'église, dessinait des sourires sur les lèvres de saint Joseph, de saint Antoine et de sainte Thérèse.

— Un saint triste... il y a incompatibilité entre ces deux termes, ne trouvez-vous pas ?

— Mon Dieu... oui, fit Harold, qui se sentait sur des charbons ardents.

— Et pourquoi insistent-ils tellement sur ça ? Et comme Harold levait les yeux sur le crucifix : On dirait vraiment, fit-elle en franchissant la

porte, que personne ne connaît la fin de cette
histoire.

Harold la suivit dans la rue.

— Vous voulez bien me rendre mon stylo ?
demanda-t-il timidement.

— Bien entendu, dit la vieille dame, le lui tendant. Comment vous appelez-vous ?

— Harold Chasen.

— Enchantée, dit-elle en lui souriant. Je suis la
comtesse Mathilda Chardin, mais vous pouvez
m'appeler Maude.

Quand elle souriait, ses fines pattes d'oie faisaient paraître ses yeux plus étincelants et plus
bleus encore.

— Ravi de faire votre connaissance, dit Harold
en lui tendant poliment la main.

— Je sens que nous allons devenir de grands
amis, dit-elle en la lui serrant.

Sortant de son sac un énorme trousseau de clés,
elle ouvrit la porte d'une voiture garée au bord
du trottoir.

— Puis-je vous déposer quelque part, Harold ?
demanda-t-elle.

— Non, fit vivement Harold. Je vous remercie,
je suis moi-même motorisé.

— Dans ce cas, je file. Mais nous nous rever-
rons, j'en suis sûre.

À l'intérieur de l'église, le Père Finnegan regardait, interdit, les statues au sourire épanoui.

Maude mit le contact et desserra le frein à
main.

— Harold, cria-t-elle, vous dansez ?

— Comment ?

— Est-ce que vous chantez et dansez ?

— Heu... non.

— Non ?... Je le pensais bien, fit-elle avec un petit sourire apitoyé.

Appuyant sur le champignon, elle démarra à faire gémir les pneus qui déjà sentaient le caoutchouc brûlé, dévala la rue et disparut au prochain tournant. Mais on percevait encore dans le lointain ses bruyants changements de vitesse.

Harold resta cloué sur place, interdit lui aussi.

Le Père Finnegan qui, posté sur le porche de l'église, avait assisté à ce départ foudroyant, dit à la cantonade :

— Cette dame vient tout simplement de s'approprier ma voiture.

ROBERTO BENIGNI ET VINCENZO CERAMI

La vie est belle

SCÈNE 3

Une route de campagne. Un hameau. *Extérieur jour.*

Libéré de ses frondaisons et de ses « pare-ments » colorés, la Balilla est là, sous le soleil, au beau milieu d'une route en terre battue, pous-siéreuse. Guido et Ferruccio sont étendus sous l'automobile, ils cherchent à réparer la panne.

VOIX DE FERRUCCIO : Où l'as-tu mise, la vis ? Elle était ici.

VOIX DE GUIDO : Laquelle, celle-ci ?

VOIX DE FERRUCCIO : Quelle vis ? Mais c'est un clou que tu me donnes, ne le vois-tu donc pas ?

VOIX DE GUIDO : Qui a mis ce clou ici ?

VOIX DE FERRUCCIO : Est-ce que je le sais ? Il se trouvait sur la route. Passe-moi la vis.

VOIX DE GUIDO : Mais laquelle ? Il y a au moins dix sortes de vis par terre ici...

VOIX DE FERRUCCIO : La plus petite.

VOIX DE GUIDO : Laquelle, cette grosse vis ?

VOIX DE FERRUCCIO : Mais je t'ai dit la petite. Dis-moi, pourquoi ne déplaces-tu pas ton pied ?

VOIX DE GUIDO : Lequel ?

VOIX DE FERRUCCIO : La voici, je l'ai vue.

VOIX DE GUIDO : Quoi donc ?

VOIX DE FERRUCCIO : La petite vis.

VOIX DE GUIDO : Où ?

VOIX DE FERRUCCIO : Sous la grande, et passe-moi le tournevis.

VOIX DE GUIDO : Quel tournevis ?

VOIX DE FERRUCCIO : Le petit.

VOIX DE GUIDO : Où est-il ?

VOIX DE FERRUCCIO : Près du grand.

VOIX DE GUIDO : La voici, j'ai trouvé la petite vis.

VOIX DE FERRUCCIO : Laisse tomber, vois si tu peux encore remettre la main sur ce clou.

VOIX DE GUIDO : Non, tu m'as dit que tu n'en avais pas besoin, alors je l'ai jeté.

VOIX DE FERRUCCIO : Écoute, fais-moi plaisir, va te promener. Dix minutes, sinon à minuit nous serons encore là !

Tout couvert de poussière, Guido sort de sous l'automobile. Il met son chapeau sur sa tête afin de se protéger du soleil.

GUIDO : Si je trouve le clou, je te le lance ?

VOIX DE FERRUCCIO : Non, non... Laisse-moi seul dix minutes.

Debout, Guido observe ses mains noires, enduites de cambouis ; des yeux il cherche quelque chose devant lui.

GUIDO : Je vais me laver les mains...

Tout près se dresse une vieille chaumière, entourée de potagers et d'étables. Trois vaches, deux blanches et une noire, sont liées sur l'aire de battage. La noire se trouve juste à côté du tuyau d'arrivée d'eau. Guido s'approche de l'embout de la tubulure, pend sa veste et son chapeau à une branche et commence à actionner la pompe. Tout en sifflotant, il remplit un seau et se lave les mains en les plongeant dans l'eau qui peu à peu devient noire. Tout près, il aperçoit une fillette occupée à traire une vache blanche. Essuyant ses

mains en les agitant en l'air, Guido s'approche.
Un cheval est lié à une charrette pleine de cageots
de légumes et de fleurs. Piqué de curiosité, Guido
observe. Il est joyeux, enjoué.

GUIDO : Oh, fillette... où est ta maman, où
est-elle ? C'est ta maman qui a mis toutes
ces choses ici ?

ELEONORA : Non, la jeune maîtresse.

GUIDO : On peut acheter quelque chose
ici ? Qu'est-ce donc, un marché ? Où est ta
maman ? Quel âge as-tu ? Je t'ai posé trop de
questions, je t'en pose une seule : comment
t'appelles-tu ?

ELEONORA : Eleonora.

Guido lui tire sa révérence avec grâce.

GUIDO : Enchanté. Je suis le prince
Guido !

ELEONORA : Le prince ?

GUIDO : C'est cela, je suis un prince ! Ici
tout m'appartient ; en principe, ici commence le principat du prince. Nous appel-
lerons ce lieu Addis-Abeba[1]. Au diable les
vaches, rien que des chameaux. Au diable les

1. L'Italie mussolinienne venait de conquérir l'Éthiopie
dont Addis-Abeba est la capitale : lieu commun du temps, ici
mêlé d'ironie.

poules, rien que des autruches ! Aimes-tu cela, Eleonora ?

Guido est fasciné par un beau petit tas d'œufs frais posés dans un panier.

GUIDO : Ces œufs sont frais ? Combien coûtent-ils ?

Il en prend six.

ELEONORA : Je ne le sais pas, monsieur le prince !

GUIDO : J'en achète six. Faisons du troc : aimes-tu le chocolat ?

ELEONORA : Beaucoup.

Guido s'approche de sa veste, il glisse six œufs dans ses poches et il sort une tablette de chocolat de sa petite poche. Il se penche et fait mine de la déterrer. Il la donne à la fillette.

GUIDO : Tiens.

Il aperçoit un seau de lait près de la vache blanche...
Entre-temps, il s'approche de la vache noire après s'être saisi au passage du seau d'eau sale. Il trait un peu la bête.

GUIDO : Oh, regarde ! La vache noire donne du café. La blanche donne du lait, la noire du café.

Eleonora vient voir et demeure interdite : le
seau est en effet empli d'un liquide noir. Guido
s'apprête à partir et, avant de se diriger vers sa
veste et son chapeau, il s'arrête sous le toit de la
maison pour saluer la petite fille.

GUIDO : Si on me cherche, réponds que le
prince est passé par ici. Je vais rendre visite
à la princesse !

ELEONORA : Quand ?

GUIDO : Maintenant !

On entend un cri.

VOIX DE DORA : Ah !

Dans le pigeonnier, une jeune femme a été
piquée par une guêpe, précisément au-dessus de
la tête de Guido. Elle perd l'équilibre et tombe
dans les bras de Guido, tandis que les pigeons
s'envolent en faisant un bruit assourdissant. Tous
deux roulent au sol, à même la paille. Elle se
retrouve sur lui, elle porte un petit masque en
voilage sur son visage.

GUIDO, *en souriant* : Bonjour, princesse !

DORA : Mon Dieu, je voulais brûler ce nid
de guêpes... mais elles m'ont piquée.

Sur ces entrefaites, elle se tourne de côté. Le
voile tombe de son visage.

DORA : ... Heureusement que vous étiez
là ! Aïe !

Elle frotte sa cuisse juste au-dessus de son genou. Guido est étendu auprès d'elle.

GUIDO : C'est une guêpe qui vous a piquée ? Justement là ? Avec votre permission !

Il ôte la main de la jeune femme de sa cuisse et jette sa bouche sur la piqûre. Il suce et recrache.

GUIDO : Il faut ôter le venin, pfff... aussitôt ! C'est très dangereux ! Pfff... Allongez-vous, princesse... pfff. Il faudra au moins une petite demi-heure... pfff !

Souriante, elle le repousse et se relève. Il se lève, lui aussi.

DORA : Voilà, merci, c'est passé !

GUIDO : Vous a-t-elle piquée quelque part ailleurs ?

Elle ramasse son masque anti-aiguillons sur le sol.

DORA : Non, merci.

Guido rit en regardant le ciel.

GUIDO : Mais où sommes-nous donc ? Mais c'est un endroit magnifique : les pigeons volent, les femmes vous tombent du ciel ! Je m'établis ici !

Tout en mâchant son chocolat, Eleonora sourit.

ELEONORA : Tout est à lui ! Il a fait faire
du café à la vache, regarde ! C'est un prince !

Elle s'approche du seau. Dora est timide et
embarrassée, mais piquée de curiosité pour ce
joyeux luron.

GUIDO : La vérité même. Le prince Guido
à votre service, princesse !

Tout en prononçant ces paroles, il s'incline
pour la plus galante des révérences. Dora sourit
tandis que, sur la route, le klaxon de la Balilla se
fait entendre.

GUIDO : Maintenant, j'arrive !

Il passe sa veste et, sans se faire remarquer, se
saisit d'une canne qu'il dissimule derrière son dos.
Il se retourne en coiffant sa tête de son chapeau.

GUIDO : Salut, Eleonora, ne bois pas de ce
café, hein !

Puis soulevant son chapeau de la canne cachée
derrière son dos, il salue la fillette.

GUIDO : Princesse...

Le klaxon retentit tandis que l'automobile se
met en marche. Guido hâte le pas, en direction
de son ami qui l'attend au volant.

GUIDO, *s'éloignant* : Me voici, Nuvolari[1]...
Ce soir, omelette..., rien que des autruches
par ici[2] !

La Ballila reprend son voyage. Dora et Eleonora
échangent un regard et sourient.

1. Célèbre coureur automobile italien.
2. Phrase à double sens évoquant la conquête de l'Éthiopie
par Mussolini en 1935-1936 comme l'absence de réaction, la
politique de l'autruche justement, de beaucoup d'Italiens.

QUAND ÇA COMMENCE MAL...

MARCEL PROUST

Un amour de Swann

Mais, tandis que chacune de ces liaisons, ou
chacun de ces flirts, avait été la réalisation plus
ou moins complète d'un rêve né de la vue d'un
visage ou d'un corps que Swann avait, spontanément, sans s'y efforcer, trouvés charmants, en
revanche, quand un jour au théâtre il fut présenté
à Odette de Crécy par un de ses amis d'autrefois,
qui lui avait parlé d'elle comme d'une femme
ravissante avec qui il pourrait peut-être arriver à
quelque chose, mais en la lui donnant pour plus
difficile qu'elle n'était en réalité afin de paraître
lui-même avoir fait quelque chose de plus aimable en la lui faisant connaître, elle était apparue
à Swann non pas certes sans beauté, mais d'un
genre de beauté qui lui était indifférent, qui ne
lui inspirait aucun désir, lui causait même une
sorte de répulsion physique, de ces femmes
comme tout le monde a les siennes, différentes
pour chacun, et qui sont l'opposé du type que nos
sens réclament. Pour lui plaire elle avait un pro-
fil trop accusé, la peau trop fragile, les pommettes trop saillantes, les traits trop tirés. Ses yeux

étaient beaux, mais si grands qu'ils fléchissaient
sous leur propre masse, fatiguaient le reste de
son visage et lui donnaient toujours l'air d'avoir
mauvaise mine ou d'être de mauvaise humeur.
Quelque temps après cette présentation au théâtre, elle lui avait écrit pour lui demander à voir
ses collections qui l'intéressaient tant, « elle, igno-
rante qui avait le goût des jolies choses », disant
qu'il lui semblait qu'elle le connaîtrait mieux
quand elle l'aurait vu dans « son home » où elle
l'imaginait « si confortable avec son thé et ses
livres », quoiqu'elle ne lui eût pas caché sa surprise qu'il habitât ce quartier qui devait être si
triste et « qui était si peu *smart* pour lui qui l'était
tant ». Et après qu'il l'eut laissée venir, en le quittant, elle lui avait dit son regret d'être restée si
peu dans cette demeure où elle avait été heureuse
de pénétrer, parlant de lui comme s'il avait été
pour elle quelque chose de plus que les autres
êtres qu'elle connaissait, et semblant établir entre
leurs deux personnes une sorte de trait d'union
romanesque qui l'avait fait sourire. Mais à l'âge
déjà un peu désabusé dont approchait Swann et
où l'on sait se contenter d'être amoureux pour le
plaisir de l'être sans trop exiger de réciprocité, ce
rapprochement des cœurs, s'il n'est plus comme
dans la première jeunesse le but vers lequel tend
nécessairement l'amour, lui reste uni en revanche
par une association d'idées si forte qu'il peut en
devenir la cause, s'il se présente avant lui. Autrefois on rêvait de posséder le cœur de la femme
dont on était amoureux ; plus tard, sentir qu'on
possède le cœur d'une femme peut suffire à vous

en rendre amoureux. Ainsi, à l'âge où il semblerait, comme on cherche surtout dans l'amour un plaisir subjectif, que la part du goût pour la beauté d'une femme devait y être la plus grande, l'amour peut naître — l'amour le plus physique — sans qu'il y ait eu, à sa base, un désir préalable. À cette époque de la vie, on a déjà été atteint plusieurs fois par l'amour ; il n'évolue plus seul suivant ses propres lois inconnues et fatales, devant notre cœur étonné et passif. Nous venons à son aide, nous le faussons par la mémoire, par la suggestion. En reconnaissant un de ses symptômes, nous nous rappelons, nous faisons renaître les autres. Comme nous possédons sa chanson, gravée en nous tout entière, nous n'avons pas besoin qu'une femme nous en dise le début — rempli par l'admiration qu'inspire la beauté — pour en trouver la suite. Et si elle commence au milieu — là où les cœurs se rapprochent, où l'on parle de n'exister plus que l'un pour l'autre — nous avons assez l'habitude de cette musique pour rejoindre tout de suite notre partenaire au passage où elle nous attend.

Odette de Crécy retourna voir Swann, puis rapprocha ses visites ; et sans doute, chacune d'elles renouvelait pour lui la déception qu'il éprouvait à se retrouver devant ce visage dont il avait un peu oublié les particularités dans l'intervalle et qu'il ne s'était rappelé ni si expressif ni, malgré sa jeunesse, si fané ; il regrettait, pendant qu'elle causait avec lui, que la grande beauté qu'elle avait ne fût pas du genre de celles qu'il aurait spontanément préférées. Il faut d'ailleurs dire que le

visage d'Odette paraissait plus maigre et plus pro-
éminent parce que le front et le haut des joues,
cette surface unie et plus plane était recouverte
par la masse de cheveux qu'on portait alors
prolongés en « devants », soulevés en « crêpés »,
répandus en mèches folles le long des oreilles ; et
quant à son corps qui était admirablement fait, il
était difficile d'en apercevoir la continuité (à cause
des modes de l'époque et quoiqu'elle fût une des
femmes de Paris qui s'habillaient le mieux), tant
le corsage, s'avançant en saillie comme sur un
ventre imaginaire et finissant brusquement en
pointe pendant que par en dessous commençait
à s'enfler le ballon des doubles jupes, donnait à
la femme l'air d'être composée de pièces différentes mal emmanchées les unes dans les autres ;
tant les ruchés, les volants, le gilet suivaient en
toute indépendance, selon la fantaisie de leur des-
sin ou la consistance de leur étoffe, la ligne qui
les conduisait aux nœuds, aux bouillons de den-
telle, aux effilés de jais perpendiculaires, ou qui
les dirigeait le long du busc, mais ne s'attachaient
nullement à l'être vivant, qui selon que l'architec-
ture de ces fanfreluches se rapprochait ou s'écar-
tait trop de la sienne, s'y trouvait engoncé ou
perdu.

Mais, quand Odette était partie, Swann souriait
en pensant qu'elle lui avait dit combien le temps
lui durerait jusqu'à ce qu'il lui permît de revenir ;
il se rappelait l'air inquiet, timide, avec lequel
elle l'avait une fois prié que ce ne fût pas dans
trop longtemps, et les regards qu'elle avait eus à
ce moment-là, fixés sur lui en une imploration

craintive, et qui la faisaient touchante sous le
bouquet de fleurs de pensées artificielles fixé devant son chapeau rond de paille blanche, à bri-
des de velours noir. « Et vous, avait-elle dit, vous
ne viendriez pas une fois chez moi prendre le
thé ? » Il avait allégué des travaux en train, une
étude — en réalité abandonnée depuis des années — sur Ver Meer de Delft. « Je comprends
que je ne peux rien faire, moi, chétive, à côté de
grands savants comme vous autres, lui avait-elle
répondu. Je serais comme la grenouille devant
l'aréopage. Et pourtant j'aimerais tant m'instruire,
savoir, être initiée. Comme cela doit être amusant
de bouquiner, de fourrer son nez dans de vieux
papiers ! » avait-elle ajouté avec l'air de conten-
tement de soi-même que prend une femme élé-
gante pour affirmer que sa joie est de se livrer
sans crainte de se salir à une besogne malpropre,
comme de faire la cuisine en « mettant elle-
même les mains à la pâte ». « Vous allez vous
moquer de moi, ce peintre qui vous empêche de
me voir (elle voulait parler de Ver Meer), je n'avais
jamais entendu parler de lui ; vit-il encore ? Est-
ce qu'on peut voir de ses œuvres à Paris, pour
que je puisse me représenter ce que vous aimez,
deviner un peu ce qu'il y a sous ce grand front
qui travaille tant, dans cette tête qu'on sent toujours en train de réfléchir, me dire : voilà, c'est à
cela qu'il est en train de penser. Quel rêve ce
serait d'être mêlée à vos travaux ! » Il s'était
excusé sur sa peur des amitiés nouvelles, ce qu'il
avait appelé, par galanterie, sa peur d'être malheureux. « Vous avez peur d'une affection ?

comme c'est drôle, moi qui ne cherche que cela, qui donnerais ma vie pour en trouver une, avait-elle dit d'une voix si naturelle, si convaincue, qu'il en avait été remué. Vous avez dû souffrir par une femme. Et vous croyez que les autres sont comme elle. Elle n'a pas su vous comprendre : vous êtes un être si à part. C'est cela que j'ai aimé d'abord en vous, j'ai bien senti que vous n'étiez pas comme tout le monde.

— Et puis d'ailleurs vous aussi, lui avait-il dit, je sais bien ce que c'est que les femmes, vous devez avoir des tas d'occupations, être peu libre.

— Moi je n'ai jamais rien à faire ! Je suis toujours libre, je le serai toujours pour vous. À n'importe quelle heure du jour ou de la nuit où il pourrait vous être commode de me voir, faites-moi chercher, et je serai trop heureuse d'accourir. Le ferez-vous ? Savez-vous ce qui serait gentil, ce serait de vous faire présenter à Mme Verdurin chez qui je vais tous les soirs. Croyez-vous ! si on s'y retrouvait et si je pensais que c'est un peu pour moi que vous y êtes !

Et sans doute, en se rappelant ainsi leurs entretiens, en pensant ainsi à elle quand il était seul, il faisait seulement jouer son image entre beaucoup d'autres images de femmes dans des rêveries romanesques ; mais, si grâce à une circonstance quelconque (ou même peut-être sans que ce fût grâce à elle, la circonstance qui se présente au moment où un état, latent jusque-là, se déclare, pouvant n'avoir influé en rien sur lui) l'image d'Odette de Crécy venait à absorber toutes ces rêveries, si celles-ci n'étaient plus séparables

de son souvenir, alors l'imperfection de son corps
ne garderait plus aucune importance, ni qu'il eût
été, plus ou moins qu'un autre corps, selon le
goût de Swann, puisque, devenu le corps de celle
qu'il aimait, il serait désormais le seul qui fût
capable de lui causer des joies et des tourments.

ARAGON

Aurélien

La première fois qu'Aurélien vit Bérénice, il la trouva franchement laide. Elle lui déplut, enfin. Il n'aima pas comment elle était habillée. Une étoffe qu'il n'aurait pas choisie. Il avait des idées sur les étoffes. Une étoffe qu'il avait vue sur plusieurs femmes. Cela lui fit mal augurer de celle-ci qui portait un nom de princesse d'Orient sans avoir l'air de se considérer dans l'obligation d'avoir du goût. Ses cheveux étaient ternes ce jour-là, mal tenus. Les cheveux coupés, ça demande des soins constants. Aurélien n'aurait pas pu dire si elle était blonde ou brune. Il l'avait mal regardée. Il lui en demeurait une impression vague, générale, d'ennui et d'irritation. Il se demanda même pourquoi. C'était disproportionné. Plutôt petite, pâle, je crois... Qu'elle se fût appelée Jeanne ou Marie, il n'y aurait pas repensé, après coup. Mais Bérénice. Drôle de superstition. Voilà bien ce qui l'irritait.

Il y avait un vers de Racine que ça lui remettait dans la tête, un vers qui l'avait hanté pendant la guerre, dans les tranchées, et plus tard démobilisé. Un vers qu'il ne trouvait même pas un beau vers, ou enfin dont la beauté lui semblait douteuse, inexplicable, mais qui l'avait obsédé, qui l'obsédait encore :

Je demeurai longtemps errant dans Césarée...

En général, les vers, lui... Mais celui-ci revenait et revenait. Pourquoi ? c'est ce qu'il ne s'expliquait pas. Tout à fait indépendamment de l'histoire de Bérénice... l'autre, la vraie... D'ailleurs il ne se rappelait que dans ses grandes lignes cette romance, cette scie. Brune alors, la Bérénice de la tragédie. Césarée, c'est du côté d'Antioche, de Beyrouth. Territoire sous mandat. Assez moricaude même, des bracelets en veux-tu en voilà, et des tas de chichis, de voiles. Césarée... un beau nom pour une ville. Ou pour une femme. Un beau nom en tout cas. Césarée... *Je demeurai longtemps*... je deviens gâteux. Impossible de se souvenir : comment s'appelait-il, le type qui disait ça, une espèce de grand bougre ravagé, mélancolique, flemmard, avec des yeux de charbon, la malaria... qui avait attendu pour se déclarer que Bérénice fût sur le point de se mettre en ménage, à Rome, avec un bellâtre potelé, ayant l'air d'un marchand de tissus qui fait l'article, à la manière dont il portait la toge. Tite. Sans rire. Tite.

Je demeurai longtemps errant dans Césarée...

Ça devait être une ville aux voies larges, très vide et silencieuse. Une ville frappée d'un mal-

heur. Quelque chose comme une défaite. Déser-
tée. Une ville pour les hommes de trente ans qui
n'ont plus de cœur à rien. Une ville de pierre à
parcourir la nuit sans croire à l'aube. Aurélien
voyait des chiens s'enfuir derrière des colonnes,
surpris à dépecer une charogne. Des épées aban-
données, des armures. Les restes d'un combat
sans honneur.

— Bizarre qu'il se sentît si peu un vainqueur.

ALBERT COHEN

Belle du Seigneur

Assise sur le bord du lit, elle grelottait dans sa robe du soir. Un fou, avec un fou dans une chambre fermée à clef, et le fou s'était emparé de la clef. Appeler au secours ? À quoi bon, personne dans la maison. Maintenant il ne parlait plus. Le dos tourné, debout devant la psyché, il s'y considérait dans son long manteau et sa toque enfoncée jusqu'aux oreilles.

Elle tressaillit, s'apercevant que dans la glace il la regardait maintenant, lui souriait tout en caressant l'horrible barbe blanche. Affreuse, cette lente caresse de méditation. Affreux, ce sourire édenté. Non, ne pas avoir peur. Il lui avait dit lui-même qu'elle n'avait rien à craindre, qu'il voulait seulement lui parler et qu'il partirait ensuite. Mais quoi, c'était un fou, il pouvait devenir dangereux. Brusquement, il se retourna, et elle sentit qu'il allait parler. Oui, faire semblant de l'écouter avec intérêt.

« Au Ritz, un soir de destin, à la réception brésilienne, pour la première fois vue et aussitôt aimée », dit-il, et de nouveau ce fut le sourire noir où luisaient deux canines. « Moi, pauvre vieux, à cette brillante réception ? Comme domestique seulement, domestique au Ritz, servant des boissons aux ministres et aux ambassadeurs, la racaille de mes pareils d'autrefois, du temps où j'étais jeune et riche et puissant, le temps d'avant ma déchéance et misère. En ce soir du Ritz, soir de destin, elle m'est apparue, noble parmi les ignobles apparue, redoutable de beauté, elle et moi et nul autre en la cohue des réussisseurs et des avides d'importances, mes pareils d'autrefois, nous deux seuls exilés, elle seule comme moi, et comme moi triste et méprisante et ne parlant à personne, seule amie d'elle-même, et au premier battement de ses paupières je l'ai connue. C'était elle, l'inattendue et l'attendue, aussitôt élue en ce soir de destin, élue au premier battement de ses longs cils recourbés. Elle, Boukhara divine, heureuse Samarcande, broderie aux dessins délicats. Elle, c'est vous. »

Il s'arrêta, la regarda, et ce fut encore le sourire vide, abjection de vieillesse. Elle maîtrisa le tremblement de sa jambe, baissa les yeux pour ne pas voir l'horrible sourire adorant. Supporter, ne rien dire, feindre la bienveillance.

« Les autres mettent des semaines et des mois pour arriver à aimer, et à aimer peu, et il leur faut des entretiens et des goûts communs et des cristallisations. Moi, ce fut le temps d'un battement de paupières. Dites-moi fou, mais croyez-moi. Un battement de ses paupières, et elle me regarda sans me voir, et ce fut la gloire et le printemps et le soleil et la mer tiède et sa transparence près du rivage et ma jeunesse revenue, et le monde était né, et je sus que personne avant elle, ni Adrienne, ni Aude, ni Isolde, ni les autres de ma splendeur et jeunesse, toutes d'elle annonciatrices et servantes. Oui, personne avant elle, personne après elle, je le jure sur la sainte Loi que je baise lorsque solennelle à la synagogue devant moi elle passe, d'ors et de velours vêtue, saints commandements de ce Dieu en qui je ne crois pas mais que je révère, follement fier de mon Dieu, Dieu d'Abraham, Dieu d'Isaac, Dieu de Jacob, et je frissonne en mes os lorsque j'entends Son nom et Ses paroles.

« Et maintenant, écoutez la merveille. Lasse d'être mêlée aux ignobles, elle a fui la salle jacassante des chercheurs de relations, et elle est allée, volontaire bannie, dans le petit salon désert, à côté. Elle, c'est vous. Volontaire bannie comme moi, et elle ne savait pas que derrière les rideaux je la regardais. Alors, écoutez, elle s'est approchée de la glace du petit salon, car elle a la manie des glaces comme moi, manie des tristes et des solitaires, et alors, seule et ne se sachant pas vue, elle s'est approchée de la glace et elle a baisé ses lèvres sur la glace. Notre premier baiser, mon amour. Ô ma sœur folle, aussitôt aimée, aussitôt mon aimée par ce baiser à elle-même donné. Ô l'élancée, ô ses longs cils recourbés dans la glace, et mon âme s'est accrochée à ses longs cils recourbés. Un battement de paupières, le temps d'un baiser sur une glace, et c'était elle, elle à jamais. Dites-moi fou, mais croyez-moi. Voilà, et lorsqu'elle est retournée dans la grande salle, je ne me suis pas approché d'elle, je ne lui ai pas parlé, je n'ai pas voulu la traiter comme les autres.

« Une autre splendeur d'elle, écoutez. Une fin d'après-midi, des semaines plus tard, je l'ai suivie le long du lac, et je l'ai vue qui s'est arrêtée pour parler à un vieux cheval attelé, et elle lui a parlé sérieusement, avec des égards, ma folle, comme à un oncle, et le vieux cheval faisait des hochements sagaces. Ensuite, la pluie a commencé, et alors elle a cherché dans la charrette, et elle en a sorti une bâche, et elle a recouvert le vieux cheval avec des gestes, gestes de jeune mère. Et alors, écoutez, elle a embrassé le vieux cheval sur le cou, et elle lui a dit, a dû lui dire, je la connais, ma géniale et ma folle, elle a dû lui dire, lui a dit qu'elle regrette mais qu'elle doit le quitter parce qu'on l'attend à la maison. "Mais sois tranquille" elle a dû lui dire, lui a dit, "ton maître va venir bientôt et tu seras au sec dans une bonne écurie bien chaude. Adieu, mon chéri", elle a dû lui dire, lui a dit, je la connais. Et elle est partie, une pitié dans le cœur, pitié pour ce vieux docile qui allait sans jamais protester, allait où son maître lui commandait, qui irait jusqu'en Espagne si son maître l'ordonnait. "Adieu, mon chéri", elle lui a dit, je la connais.

« Hantise d'elle, jour après jour, depuis le soir de destin. Ô elle, tous les charmes, ô l'élancée et merveilleuse de visage, ô ses yeux de brume piqués d'or, ses yeux trop écartés, ô ses commissures pensantes et sa lèvre lourde de pitié et d'intelligence, ô elle que j'aime. Ô son sourire d'arriérée lorsque, dissimulé derrière les rideaux de sa chambre, je la regardais et la connaissais en ses folies, alpiniste de l'Himalaya en béret écossais à plume de coq, reine des bêtes d'un carton sorties, comme moi de ses ridicules jouissant, ô ma géniale et ma sœur, à moi seul destinée et pour moi conçue, et bénie soit ta mère, ô ta beauté me confond, ô tendre folie et effrayante joie lorsque tu me regardes, ivre quand tu me regardes, ô nuit, ô amour de moi en moi sans cesse enclose et sans cesse de moi sortie et contemplée et de nouveau pliée et en mon cœur enfermée et gardée, ô elle dans mes sommeils, aimante dans mes sommeils, tendre complice dans mes sommeils, ô elle dont j'écris le nom avec mon doigt sur de l'air ou, dans mes solitudes, sur une feuille, et alors je retourne le nom mais j'en garde les lettres et je les mêle, et j'en fais des noms tahitiens, nom de tous ses charmes, Rianea, Eniraa, Raneia, Aneira, Neiraa, Niaera, Ireana, Enaira, tous les noms de mon amour.

« Ô elle dont je dis le nom sacré dans mes marches solitaires et mes rondes autour de la maison où elle dort, et je veille sur son sommeil, et elle ne le sait pas, et je dis son nom aux arbres confidents, et je leur dis, fou des longs cils recourbés, que j'aime et j'aime celle que j'aime, et qui m'aimera, car je l'aime comme nul autre ne saura, et pourquoi ne m'aimerait-elle pas, celle qui peut d'amour aimer un crapaud, et elle m'aimera, m'aimera, m'aimera, la non-pareille m'aimera, et

chaque soir j'attendrai tellement l'heure de la
revoir et je me ferai beau pour lui plaire, et je me
raserai, me raserai de si près pour lui plaire, et je
me baignerai, me baignerai longtemps pour que
le temps passe plus vite, et tout le temps penser
à elle, et bientôt ce sera l'heure, ô merveille, ô
chants dans l'auto qui vers elle me mènera, vers
elle qui m'attendra, vers les longs cils étoilés, ô
son regard tout à l'heure lorsque j'arriverai, elle
sur le seuil m'attendant, élancée et de blanc vêtue,
prête et belle pour moi, prête et craignant d'abî-
mer sa beauté si je tarde, et allant voir sa beauté
dans la glace, voir si sa beauté est toujours là et
parfaite, et puis revenant sur le seuil et m'attendant en amour, émouvante sur le seuil et sous les
roses, ô tendre nuit, ô jeunesse revenue, ô merveille lorsque je serai devant elle, ô son regard, ô
notre amour, et elle s'inclinera sur ma main,
paysanne devenue, ô merveille de son baiser sur
ma main, et elle relèvera la tête et nos regards
s'aimeront et nous sourirons de tant nous aimer,
toi et moi, et gloire à Dieu. »

SÉBASTIEN JAPRISOT

L'été meurtrier

Elle portait une robe blanche, très légère, elle
aussi avait les cheveux collés aux tempes et sur le
front, et de l'endroit où je me trouvais, à quinze
ou vingt pas d'elle, je pouvais voir sa poitrine se
soulever et ses lèvres ouvertes pour reprendre
son souffle. Je sais que c'est idiot, mais elle me
plaisait tellement que j'ai eu honte de moi, ou
peur, je ne sais pas, j'ai failli partir. Mickey parlait avec Georges. Je savais, parce que je connais
mon frère, qu'il était en train d'inventer n'importe quoi pour le faire sortir du bal et me lais-
ser le champ libre, et à un moment, il a fait un
geste vers moi, il lui a dit quelque chose, à Elle,
et elle m'a regardé. Elle m'a regardé plusieurs
secondes, sans bouger la tête, sans tourner les
yeux, je ne me suis même pas aperçu que Mickey
s'en allait avec Georges Massigne.

Et puis elle est allée rejoindre d'autres filles,
dont deux ou trois habitent le village, et elles
riaient, et j'avais l'impression qu'elles riaient de
moi. Georgette m'a demandé si je voulais encore
danser, j'ai dit non. J'ai enlevé mon veston et ma

cravate, et j'ai cherché des yeux un endroit où les ranger. Georgette m'a dit qu'elle allait s'en occuper, et quand je me suis retourné, les mains libres, avec ma chemise que je sentais trempée et plaquée dans mon dos, Elle était là, devant moi, elle ne souriait pas, elle attendait, simplement, et — on sait tout d'avance, on le sait.

J'ai fait une danse avec elle, et puis une autre. Je ne me rappelle pas ce que c'était — je suis un bon danseur, je ne m'occupe jamais de ce qu'on joue — mais c'était tranquille parce que je la tenais contre moi. La paume de sa main était moite, elle l'essuyait souvent sur le bas de sa robe, et son corps, à travers la robe, était brûlant. Je lui ai demandé pourquoi elle riait avec ses copines. Elle a rejeté ses cheveux noirs en arrière, ils m'ont balayé la joue, mais elle n'a pas tourné autour de la question. La première phrase que j'ai entendue d'elle, c'était déjà un coup de marteau. Elle riait avec ses copines parce qu'elle n'avait pas tellement envie de danser avec moi et qu'elle avait lancé, sans le faire exprès, un truc à se plier en deux à propos de pompier. Textuel.

Je sais ce qu'on va me dire, on me l'a dit un million de fois et répété : qu'il faut se méfier des gens bêtes encore plus que des gens méchants, qu'elle était bête à faire fuir, que j'aurais dû fuir, qu'en une seule parole elle montrait exactement ce qu'elle était — et ce n'est pas vrai. C'est justement parce que ce n'est pas vrai qu'il faut tout le temps que je m'explique. Dans les bals, toutes les filles rient comme des juments pour des vulgarités interdites à la maison. Elles connaissent certainement moins de choses qu'elles en ont l'air, mais elles ont peur d'être ridicules si elles ne hennissent pas plus fort que les copines. Ensuite, c'est moi qui avais posé la question. J'ai demandé pourquoi elles riaient toutes et elle me l'a dit. Elle aurait pu mentir, mais elle ne mentait jamais quand sa vie n'en dépendait pas, c'était trop de travail. Si la réponse ne me plaisait pas, tant pis pour moi, je n'avais qu'à pas demander.

Et puis, pendant que je dansais avec elle, il y avait autre chose. C'est un détail et je l'ai déjà dit, mais c'est plus vrai et plus important que tout le reste. Sa main était moite. Je déteste serrer la main des gens qui transpirent, même pour dire bonjour en vitesse, je déteste. Mais pas la sienne. J'ai dit qu'elle l'essuyait sur sa robe. N'importe qui d'autre, en faisant ça, m'aurait dégoûté. Mais pas elle. Sa main humide était celle d'un bébé qui a chaud, elle me rapprochait de quelque chose que j'ai toujours aimé, je ne sais pas quoi, quelque chose qui est dans les bébés et les enfants, et qui vous fait penser à vous, à votre père et à son piano mécanique pourri, qui vous rappelle au milieu d'une danse que vous et vos frères, vous n'êtes pas allés sous les fenêtres du Crédit Municipal pour leur jouer *Roses de Picardie* — oui, je sais ce que je veux dire : quelque chose qui n'a rien à voir avec ce qui est bien ou ce qui est mal, mais qui peut aussi sûrement vous conduire où j'en suis que faire pleurer une bonne fois un Verdier à grosses larmes et l'empêcher d'être un pauvre type. Moi aussi, quand on me parlait d'elle, pour m'en séparer avant qu'il soit

trop tard, j'ai toujours répondu : « Je vous em-
merde. »

J'ai remarqué aussi, à sa première phrase,
qu'elle parlait avec un accent qui n'est pas de
chez nous. Il était loin d'être aussi fort que celui
d'Eva Braun, mais on l'entendait, même à travers
le tam-tam. Je lui ai demandé si elle parlait allemand avec sa mère. Elle m'a répondu ni français
ni allemand, qu'elle n'avait rien à lui dire. À son
père encore moins. Elle était plus petite que moi
— je mesure 1 m 84 — mais assez grande pour
une fille, et toute en longueur. Elle était très
mince, sauf pour la poitrine, que je sentais contre
la mienne et dont on découvrait le haut par
l'échancrure de sa robe blanche. Pendant que
nous dansions, ses longs cheveux lui cachaient le
visage, elle les rejetait souvent en arrière. C'était
les plus beaux cheveux qu'on ait jamais vus. Je
lui ai demandé s'ils étaient noirs naturels. Elle
m'a répondu tu parles, Charles, que ça lui coû-
tait soixante-quinze francs par mois pour avoir
cette teinte et que ça lui donnait des croûtes sur
la tête, un de ces jours elle allait attraper une
maladie.

Les projecteurs se sont remis soudain à tourner, rouges et orange, aveuglants, et les Apaches
sont repartis sur le sentier de la guerre. C'est au
moment où on ne s'entendait plus que je lui ai
demandé si elle voulait venir boire quelque chose.
Elle a quand même compris, elle a juste soulevé
son épaule gauche, elle m'a suivi. À l'entrée, j'ai
dit à Verdier d'aller faire une danse ou deux, que
je restais un moment dehors. Je ne l'ai pas dit

d'une voix normale, il a bien compris que je jouais les adjudants parce que je parlais devant Elle. J'ai honte de ces choses. Il n'a rien répondu, il y est allé.

Nous avons traversé le rideau de gens qui encombraient les marches de la baraque. Sur la place, tandis qu'on se dirigeait sans un mot vers le café, j'ai pris sa main, elle me l'a laissée. Elle l'a d'abord retirée pour l'essuyer à sa robe mais elle l'a remise dans la mienne. Au comptoir, elle a pris un vittel-menthe et moi une bière. On était entouré de gens qui parlaient du tiercé — j'avais perdu et Cognata aussi — et elle regardait partout dans la salle en plissant les paupières. Je lui ai demandé si elle cherchait Georges Massigne et elle a répondu non, qu'elle n'était pas mariée avec lui.

Il faisait frais, dans le bar, après l'étuve dont nous sortions, et je sentais ma chemise coller à ma peau en plaques froides. Elle aussi transpirait. Je pouvais suivre une goutte de sueur qui glissait de sa tempe le long de sa joue, puis sur son cou, et là, d'un doigt, elle l'a effacée. Elle avait le nez court et, entre ses lèvres entrouvertes, des dents très blanches. Elle s'est aperçue que je ne faisais que la regarder, elle a ri. J'ai ri moi aussi. Elle m'a assené aussitôt un coup de marteau. Elle m'a dit que j'avais l'air d'un imbécile à la regarder comme ça, que j'avais *quand même* le droit de parler.

ESPOIR ?

CHARLES BAUDELAIRE

Les Fleurs du Mal

À UNE PASSANTE

La rue assourdissante autour de moi hurlait.
Longue, mince, en grand deuil, douleur majes-
    tueuse.
Une femme passa, d'une main fastueuse
Soulevant, balançant le feston et l'ourlet ;

Agile et noble, avec sa jambe de statue.
Moi, je buvais, crispé comme un extravagant,
Dans son œil, ciel livide où germe l'ouragan,
La douceur qui fascine et le plaisir qui tue.

Un éclair... puis la nuit ! — Fugitive beauté
Dont le regard m'a fait soudainement renaître,
Ne te verrai-je plus que dans l'éternité ?

Ailleurs, bien loin d'ici ! trop tard ! *jamais* peut-
    être !
Car j'ignore où tu fuis, tu ne sais où je vais,
Ô toi que j'eusse aimée, ô toi qui le savais !

VLADIMIR NABOKOV

Lolita

Je marchais toujours derrière Mrs. Haze lorsque soudain, au-delà de la salle à manger que
nous traversions, il y eut une explosion de ver-
dure — « la piazza », dit mon guide d'un ton
chantant, et alors, sans que rien ne l'eût laissé
présager, une vague bleue s'enfla sous mon cœur
et je vis, allongée dans une flaque de soleil, à demi
nue, se redressant et pivotant sur ses genoux, ma
petite amie de la Côte d'Azur qui me dévisageait
par-dessus ses lunettes sombres.

C'était la même enfant — les mêmes épaules
frêles couleur de miel, le même dos nu souple et
soyeux, la même chevelure châtain. Un fichu
noir à pois noué autour de sa poitrine dissimu-
lait à mes yeux de babouin vieillissant mais pas
au regard de ma jeune mémoire, les seins juvé-
niles que j'avais caressés un jour immortel. Et,
telle la nourrice d'une petite princesse de conte
de fées (perdue, kidnappée, retrouvée dans des
haillons de bohémienne à travers lesquels sa nu-
dité souriait au roi et à ses chiens), je reconnus
le minuscule grain de beauté bistre sur son flanc.

Avec un mélange d'effroi et de ravissement (le
roi pleurant de joie, les trompettes beuglant, la
nourrice ivre), je revis son charmant abdomen
rentré où s'étaient brièvement recueillies mes
lèvres descendantes ; et ces hanches puériles sur
lesquelles j'avais baisé l'empreinte crénelée laissée par l'élastique de son short — dans la frénésie
de cet ultime jour immortel derrière les « Roches
Roses ». Les vingt-cinq années que j'avais vécues
depuis se condensèrent en un point palpitant,
puis s'évanouirent.

J'éprouve une difficulté extrême à exprimer
avec la force qui convient cet éclair, ce frisson,
l'impact de cette reconnaissance passionnée.
Durant ce bref instant baigné de soleil où mon
regard glissa sur l'enfant agenouillée (ses yeux
clignaient au-dessus de ces austères lunettes
sombres — il allait me guérir de tous mes maux,
le petit Herr Doktor), alors que je passais à côté
d'elle dans mon travesti d'adulte (un superbe
gaillard débordant de virilité qui débarquait tout
droit d'Hollywood), mon âme frappée de torpeur
parvint cependant à absorber les moindres détails de son éclatante beauté, et je les comparai
aux traits de ma défunte petite mariée. Par la
suite, bien sûr, elle, cette *nouvelle**, cette Lolita,
ma petite Lolita, allait complètement éclipser son
prototype. Ce que je veux souligner, c'est que ma
découverte de cette fille était la conséquence fa-
tale de cette « principauté au bord de la mer »
dans mon passé tourmenté. Tout ce qui s'était

---

* En français dans le texte.

passé entre les deux événements n'avait été qu'une série de tâtonnements et de bourdes, des rudiments de joie factices. Ces deux événements partageaient tant de choses en commun qu'ils n'en constituaient qu'un seul et unique pour moi.

Je n'ai aucune illusion, pourtant. Mes juges considéreront tout cela comme une petite mascarade montée par un fou dépravé trop attiré par le *fruit vert. Au fond, ça m'est bien égal**. Ce que je sais, moi, c'est que, pendant que cette grognasse de Haze et moi descendions les marches conduisant au jardin extatique, mes genoux n'étaient plus que le reflet de genoux dans une eau ondoyante, et que mes lèvres étaient sèches comme le sable, et que...

« C'était ma fille Lo, dit-elle, et voici mes lis.

— Oui, dis-je, oui. Tout cela est ravissant, tout à fait ravissant ! »

RICHARD MATHESON

Le jeune homme, la mort et le temps

Je suis assis dans le vieux bar ; il a pour nom le Casino. C'est son heure de fermeture ; il y règne un silence impressionnant. Le comptoir doit bien faire une quinzaine de mètres de long ; il est superbement dessiné et décoré. À une extrémité, il y a une sorte de niche abritant une statuette représentant un Maure portant une lanterne.

Combien de chaussures ont usé ce repose-pied en laiton ?

Il y a quelques instants, je regardais les photos des vedettes de cinéma qui ont été clients de cet hôtel. June Haver. Robert Stack. Kirk Douglas. Eva Marie Saint. Ronald Reagan. Donna Read. Et plus anciennement les beautés de la compagnie, Pola Negri, et Mary Pickford, et Marie Callahan des Ziegfeld Follies. Cet endroit nous ramène vraiment en arrière.

Que je note l'heure exacte où ça s'est passé : onze heures vingt-six du matin.

En traversant le patio pour regagner ma chambre, j'ai vu un panneau annonçant l'existence d'un musée dans le sous-sol.

Déconcertant, comme endroit. Des photos, comme dans la galerie marchande. La reconstitution d'une chambre telle qu'elles devaient être à la fin du XIXe ou au début du XXe siècle. Des vitrines contenant des objets historiques appartenant à l'hôtel — une assiette, un menu, un rond de serviette, un fer à repasser, un téléphone, un registre.

Et, dans une des vitrines, il y a le programme d'une pièce jouée dans le théâtre de l'hôtel (?) le 20 novembre 1896 : *Le Petit Ministre*, par J.-M. Barrie, avec dans le rôle principal une actrice du nom d'Elise McKenna. À côté du programme, il y a son portrait ; elle a le visage le plus extraordinairement beau que j'aie vu de ma vie.

Je suis tombé amoureux d'elle.

C'est tout à fait moi, ça. Trente-six ans, de passades en feux de paille, une vie semée de liaisons imitant l'amour. Mais rien de vrai, rien de solide.

Et voilà qu'ayant attendu d'être atteint d'une maladie incurable, je me mets en devoir de tomber enfin amoureux d'une femme qui est morte depuis une bonne vingtaine d'années.

Qui dit mieux ?

Je suis hanté par ce visage.

J'ai été le contempler à nouveau ; suis resté planté devant la vitrine pendant tellement longtemps qu'un homme qui entrait et sortait périodiquement d'un local réservé au personnel commença à me regarder d'un air de se demander si j'allais prendre racine.

Elise McKenna. Joli nom. Visage exquis.

Comme j'aurais voulu être assis dans la salle de théâtre (une photo m'informa qu'il s'agissait de la salle de bal) à la regarder jouer. Elle devait être magnifique dans son rôle. Qu'est-ce que j'en sais ? Elle jouait peut-être très mal. Non, je ne le crois pas.

Il me semble avoir déjà entendu prononcer son nom. N'aurait elle pas par hasard joué dans *Peter Pan* ? Si c'est bien celle que je pense, elle était une comédienne de tout premier plan.

En tout état de cause, c'était une comédienne de toute beauté.

Non, c'est plus que de la beauté. C'est l'expression de son visage qui m'obsède et me subjugue. Cette expression douce et sincère. Comme j'aurais voulu pouvoir la rencontrer.

Je suis étendu sur mon lit, les yeux fixés au plafond comme un adolescent languissant d'amour. J'ai trouvé la femme de mes rêves.

Voilà une description adéquate. Où pourrait-elle exister d'autre que dans mes rêves ?

Eh bien, pourquoi pas ? La femme de mes rêves n'a jamais daigné m'accorder un regard jusqu'à présent. Qu'est-ce que ça changera qu'il y ait trois malheureux petits quarts de siècle entre nous ?

Je ne peux rien faire d'autre que penser à ce visage. Penser à Elise McKenna, à la femme qu'elle a été.

En ce moment, je devrais être en train de régler les détails de mon voyage à Denver, de l'odyssée que je me promettais de faire. Au lieu de cela, je reste affalé sur ce lit, son visage gravé dans mon esprit. Je suis retourné trois fois au sous-sol. Une tentative manifeste pour échapper à la réalité. Le cerveau refusant d'accepter le présent et se tournant vers le passé.

Mais… ô mon âme, j'ai comme le sentiment d'être la victime d'une mauvaise plaisanterie teintée de sadisme. Je n'ai nullement le désir de m'apitoyer sur mon sort, mais, grands Dieux ! — jouer à pile ou face, rouler pendant presque deux cents kilomètres jusqu'à une ville où je n'ai jamais mis les pieds, prendre une autoroute sur un coup de tête, traverser un pont pour trouver un hôtel dont j'ignorais l'existence, y trouver la photo d'une femme décédée depuis longtemps et, pour la première fois de ma vie, avoir un coup de foudre ?

Qu'est-ce que Mary dit tout le temps ? *C'est plus que le cœur ne peut en supporter ?*

Exactement mon sentiment.

J'ai été me promener sur la plage. J'ai pris un verre dans le salon victorien. Je suis retourné la dévisager. Je suis reparti sur la plage, me suis assis sur le sable, ai longuement fixé le ressac.

Rien à faire. Je ne peux pas chasser cette sensation. Des lambeaux de pensée rationnelle comprennent (mais si !) que je cherche quelque chose à quoi me raccrocher, que ce quelque chose n'a même pas besoin d'être réel, et qu'Elise McKenna est devenue ce quelque chose.

Ce qui ne m'est d'aucun secours. Cette chose grossit en moi, devient une obsession. La dernière fois que j'étais dans le musée, il avait fallu que je fournisse un énorme effort de volonté pour ne pas briser la vitrine, saisir sa photo et détaler.

Eh là ! Une idée ! Il y a peut-être une solution. Rien qui me guérisse de mon obsession, rien qui en fin de compte ne l'aggravera pas, selon toute vraisemblance, mais quelque chose que je peux faire de concret plutôt que de traîner comme une âme en peine.

Je vais prendre ma voiture et trouver une librairie dans les environs, ou plus probablement à San Diego, et essayer de mettre la main sur des livres parlant d'elle. Je suis sûr qu'il doit y en avoir au moins un ou deux. Le programme au sous-sol l'appelle « la célèbre actrice américaine ».

Je vais le faire ! J'en saurai aussi long que possible sur ma bien-aimée perdue. Perdue ? Bon, bon, d'accord. Sur ma bien-aimée qui n'a jamais su qu'elle était ma bien-aimée parce qu'elle n'est devenue ma bien-aimée qu'après sa mort.

Je me demande où elle est enterrée.

Je viens de frémir. L'idée qu'elle puisse être enterrée me glace. Ce visage-là, mort ?

Impossible.

L'Amant de la Chine du Nord

C'est le fleuve.

C'est le bac sur le Mékong. Le bac des livres.
Du fleuve.

Dans le bac il y a le car pour indigènes, les longues Léon Bollée noires, les amants de la Chine
du Nord qui regardent.

Le bac s'en va.

Après le départ l'enfant sort du car. Elle regarde
le fleuve. Elle regarde aussi le Chinois élégant
qui est à l'intérieur de la grande auto noire.

Elle, l'enfant, elle est fardée, habillée comme la
jeune fille des livres : de la robe en soie indigène
d'un blanc jauni, du chapeau d'homme d'« enfance et d'innocence », au bord plat, en feutre-
souple-couleur-bois-de-rose-avec-large-ruban-noir,
de ces souliers de bal, très usés, complètement
éculés, en-lamé-noir-s'il-vous-plaît, avec motifs
de strass.

De la limousine noire est sorti un autre homme
que celui du livre, un autre Chinois de la Mand-

chourie. Il est un peu différent de celui du livre :
il est un peu plus robuste que lui, il a moins peur
que lui, plus d'audace. Il a plus de beauté, plus
de santé. Il est plus « pour le cinéma » que celui
du livre. Et aussi il a moins de timidité que lui
face à l'enfant.

Elle, elle est restée celle du livre, petite, maigre, hardie, difficile à attraper le sens, difficile à
dire qui c'est, moins belle qu'il n'en paraît, pauvre, fille de pauvres, ancêtres pauvres, fermiers,
cordonniers, première en français tout le temps
partout et détestant la France, inconsolable du
pays natal et d'enfance, crachant la viande rouge
des steaks occidentaux, amoureuse des hommes
faibles, sexuelle comme pas rencontré encore.
Folle de lire, de voir, insolente, libre.

Lui, c'est un Chinois. Un Chinois grand. Il a la
peau blanche des Chinois du Nord. Il est très élégant. Il porte le costume en tissu de soie grège
et les chaussures anglaises couleur acajou des
jeunes banquiers de Saigon.

Il la regarde.

Ils se regardent. Se sourient. Il s'approche.

Il fume une 555. Elle est très jeune. Il y a un
peu de peur dans sa main qui tremble, mais à
peine, quand il lui offre une cigarette.

— Vous fumez ?

L'enfant fait signe : non.

— Excusez-moi... C'est tellement inattendu de
vous trouver ici... Vous ne vous rendez pas
compte...

L'enfant ne répond pas. Elle ne sourit pas. Elle le regarde fort. Farouche serait le mot pour dire ce regard. Insolent. Sans gêne est le mot de la mère : « on ne regarde pas les gens comme ça ». On dirait qu'elle n'entend pas bien ce qu'il dit. Elle regarde les vêtements, l'automobile. Autour de lui il y a le parfum de l'eau de Cologne européenne avec, plus lointain, celui de l'opium et de la soie, du tussor de soie, de l'ambre de la soie, de l'ambre de la peau. Elle regarde tout. Le chauffeur, l'auto, et encore lui, le Chinois. L'enfance apparaît dans ces regards d'une curiosité déplacée, toujours surprenante, insatiable. Il la regarde regarder toutes ces nouveautés que le bac transporte ce jour-là.

Sa curiosité à lui commence là.

L'enfant dit :

— C'est quoi votre auto ?...

— Une Morris Léon Bollée.

L'enfant fait signe qu'elle ne connaît pas. Elle rit.

Elle dit :

— Jamais entendu un nom pareil...

Il rit avec elle. Elle demande :

— Vous êtes qui ?

— J'habite Sadec.

— Où ça à Sadec ?

— Sur le fleuve, c'est la grande maison avec des terrasses. Juste après Sadec.

L'enfant cherche et voit ce que c'est. Elle dit :

— La maison couleur bleu clair du bleu de Chine...

— C'est ça. Bleu-de-Chine-clair.

Il sourit. Elle le regarde. Il dit :

— Je ne vous ai jamais vue à Sadec.

— Ma mère a été nommée à Sadec il y a deux ans et moi je suis en pension à Saigon. C'est pour ça.

Silence. Le Chinois dit :

— Vous avez regretté Vinh-Long...

— Oui. C'est ça qu'on a trouvé le plus beau.

Ils se sourient.

Elle demande.

— Et vous ?...

— Moi, je reviens de Paris. J'ai fait mes études en France pendant trois ans. Il y a quelques mois que je suis revenu.

— Des études de quoi ?

— De pas grand-chose, ça ne vaut pas la peine d'en parler. Et vous ?

— Je prépare mon bac au collège Chasseloup-Laubat. Je suis interne à la pension Lyautey.

Elle ajoute comme si cela avait quelque chose à voir :

— Je suis née en Indochine. Mes frères aussi. Tous on est nés ici.

Elle regarde le fleuve. Il est intrigué. Sa peur s'en est allée. Il sourit. Il parle. Il dit :

— Je peux vous ramener à Saigon si vous voulez.

Elle n'hésite pas. L'auto, et lui avec son air moqueur... Elle est contente. Ça se voit dans le sourire des yeux. Elle racontera la Léon Bollée à son petit frère Paulo. Ça, lui, il comprendra.

— Je veux bien.

Le Chinois dit — en chinois — à son chauffeur de prendre la valise de l'enfant dans le car et de la mettre dans la Léon Bollée. Ce que fait le chauffeur.

BERNHARD SCHLINK

Le liseur

Je ne savais pas le nom de la femme. Mon bouquet de fleurs à la main, j'hésitai devant la porte et les sonnettes. J'avais envie de repartir. Puis un homme sortit de l'immeuble, me demanda qui je cherchais et m'envoya chez Mme Schmitz, au troisième étage.

Pas de stuc, pas de glaces, pas de tapis. Si l'escalier avait jamais possédé de modestes beautés, sans rapport avec la somptueuse façade, il n'en restait plus rien. Au milieu des marches, la peinture rouge était usée par les pas ; le lino vert à motifs qui protégeait les murs jusqu'à hauteur d'épaule était tout écorché, et les barreaux qui manquaient à la rampe étaient remplacés par des ficelles tendues. Cela sentait les produits de nettoyage. Peut-être d'ailleurs que je n'ai remarqué tout cela que plus tard. Tout avait toujours la même propreté miteuse et exhalait toujours la même odeur de produits de nettoyage, mêlée parfois à une odeur de choux ou de haricots, de friture ou de lessive. Des autres occupants de l'immeuble, je ne connus jamais autre chose que ces odeurs, que les paillassons devant les portes et que les noms sous les boutons de sonnette. Je ne me rappelle pas avoir jamais rencontré un autre locataire dans l'escalier.

Je ne me rappelle pas non plus comment j'ai salué Mme Schmitz. Sans doute avais-je préparé deux ou trois phrases sur ma maladie, sur la façon dont elle m'avait secouru et sur la gratitude que j'en avais, et sans doute les ai-je récitées. Elle m'a fait entrer dans la cuisine.

C'était la plus grande pièce du logement. Il y avait une cuisinière et un évier, une baignoire et un chauffe-eau, une table et deux chaises, un buffet, une armoire et un canapé. Le canapé était couvert d'une couverture en velours. La cuisine n'avait pas de fenêtre. La lumière venait d'une porte vitrée ouvrant sur le balcon. Cela ne donnait pas beaucoup de jour, la cuisine n'était claire que quand la porte était ouverte. On entendait alors, montant de la menuiserie dans la cour, le hurlement de la scie et on sentait l'odeur du bois.

Le logement comportait encore un petit salon étroit, avec une desserte, une table, quatre chaises, un fauteuil à oreilles et un poêle. Cette pièce n'était presque jamais chauffée en hiver, et presque jamais utilisée en été non plus. La fenêtre donnait sur la rue de la Gare, et la vue sur les terrains de l'ancienne gare, qui étaient éventrés dans tous les sens et où l'on posait déjà çà et là les fondations de nouveaux bâtiments administratifs et judiciaires. Enfin le logement avait aussi des toilettes sans fenêtre. Quand ça sentait mauvais, on le sentait aussi dans le couloir.

Je ne me rappelle pas non plus ce que nous nous sommes dit dans la cuisine. Mme Schmitz était en train de repasser ; elle avait étendu sur la table une couverture de laine et un drap, elle prenait dans la corbeille une pièce de linge après l'autre, la repassait, la pliait et la posait sur l'une des deux chaises. J'étais assis sur l'autre. Elle repassait aussi ses sous-vêtements, je ne voulais pas regarder, mais je ne pouvais pas non plus regarder ailleurs. Elle portait une robe tablier sans manches, bleue avec de petites fleurs rose pâle. Ses cheveux blond cendré, qui lui arrivaient aux épaules, étaient retenus sur la nuque par une barrette. Ses bras nus étaient pâles. Ses gestes, pour soulever le fer à repasser, le diriger, le reposer, puis pour plier les pièces de linge et les poser, étaient lents et réfléchis, comme était lente et réfléchie sa façon de se mouvoir, de se pencher, de se redresser. Sur son visage d'alors sont venus se poser, dans ma mémoire, ses visages ultérieurs. Quand je veux l'évoquer devant mes yeux telle qu'elle était alors, elle apparaît sans visage. Il faut que je le reconstitue. Front haut, pommettes hautes, yeux bleu clair, lèvres pleines aux courbes régulières sans rupture, menton fort. Un beau visage dessiné à grands traits, rude et féminin. Je sais que je le trouvai beau. Mais je ne vois pas sa beauté devant moi.

Soie

Un panneau de papier de riz glissa, et Hervé Joncour entra dans la pièce. Hara Kei était assis sur le sol, les jambes croisées, dans le coin le plus éloigné de la pièce. Il était vêtu d'une tunique sombre, et il ne portait aucun bijou. Seul signe visible de son pouvoir, une femme étendue près de lui, la tête posée sur ses genoux, les yeux fermés, les bras cachés sous un ample vêtement rouge qui se déployait autour d'elle, comme une flamme, sur la natte couleur de cendre. Hara Kei lui passait lentement la main sur les cheveux : on aurait dit qu'il caressait le pelage d'un animal précieux, et endormi.

Hervé Joncour traversa la pièce, attendit un signe de son hôte, et s'assit en face de lui. Ils restèrent silencieux, se regardant dans les yeux. Survint, imperceptible, un serviteur, qui posa devant eux deux tasses de thé. Puis disparut. Alors Hara Kei commença à parler, dans sa langue, d'une voix monotone, diluée en une sorte de fausset désagréablement artificiel. Hervé Joncour écoutait. Il gardait les yeux fixés dans ceux d'Hara

Kei, et pendant un court instant, sans même s'en rendre compte, les baissa sur le visage de la femme.

C'était le visage d'une jeune fille.

Il releva les yeux.

Hara Kei s'interrompit, prit une des deux tasses de thé, la porta à ses lèvres, laissa passer quelques instants et dit

— Essayez de me raconter qui vous êtes.

Il le dit en français, en traînant un peu sur les voyelles, avec une voix rauque, vraie.

À l'homme le plus imprenable du Japon, maître de tout ce que le monde réussissait à faire sortir de cette île, Hervé Joncour essaya de raconter qui il était. Il le fit dans sa propre langue, en parlant lentement, sans savoir exactement si Hara Kei pouvait le comprendre. Instinctivement, il renonça à toute prudence, rapportant, sans rien inventer ni omettre, tout ce qui était vrai, simplement. Il alignait les petits détails et les événements cruciaux d'une même voix, avec des gestes à peine esquissés, mimant le parcours hypnotique, neutre et mélancolique d'un catalogue d'objets réchappés d'un incendie. Hara Kei écoutait, sans que l'ombre d'une expression décomposât les traits de son visage. Ses yeux restaient fixés sur les lèvres d'Hervé Joncour comme si elles étaient les dernières lignes d'une lettre d'adieu. Dans la pièce, tout était tellement silencieux et immobile que ce qui arriva soudain parut un événement immense, et pourtant ce n'était rien.

Tout à coup,
sans bouger le moins du monde,
cette jeune fille
ouvrit les yeux.

Hervé Joncour ne s'arrêta pas de parler mais baissa instinctivement les yeux vers elle, et ce qu'il vit, sans s'arrêter de parler, c'était que ces yeux-là *n'avaient pas une forme orientale*, et qu'ils étaient, *avec une intensité déconcertante*, pointés sur lui : comme s'ils n'avaient rien fait d'autre depuis le début, sous les paupières. Hervé Joncour tourna le regard ailleurs, avec tout le naturel dont il fut capable, essayant de continuer son récit sans que rien, dans sa voix, ne paraisse différent. Il ne s'interrompit que lorsque ses yeux tombèrent sur la tasse de thé, posée sur le sol, en face de lui. Il la prit, la porta à ses lèvres, et but lentement. Puis il recommença à parler, en la replaçant devant lui.

La France, les voyages en mer, le parfum des mûriers dans Lavilledieu, les trains à vapeur, la voix d'Hélène. Hervé Joncour continua à raconter sa vie comme jamais, de sa vie, il ne l'avait racontée. La jeune fille continuait à le fixer, avec une violence qui arrachait à chacune de ses paroles l'obligation de sonner comme mémorable. La pièce semblait désormais avoir glissé dans une immobilité sans retour quand, tout à coup, et de façon absolument silencieuse, la jeune fille glissa une main hors de son vêtement, et la fit avancer sur la natte, devant elle. Hervé Joncour vit arriver cette tache claire en marge de son champ de vision, il la vit effleurer la tasse de thé d'Hara Kei puis, absurdement, continuer sa progression pour aller s'emparer sans hésitation de l'autre tasse, celle *dans laquelle il avait bu*, la soulever avec légèreté et l'emporter. Hara Kei n'avait pas un seul instant cessé de fixer, sans expression aucune, les lèvres d'Hervé Joncour.

La jeune fille souleva légèrement la tête.

Pour la première fois, elle détacha son regard d'Hervé Joncour, et le posa sur la tasse.

Lentement, elle la tourna jusqu'à avoir sous ses lèvres l'endroit exact où il avait bu.

En fermant à demi les yeux, elle but une gorgée de thé.

Elle écarta la tasse de ses lèvres.

La replaça doucement là où elle l'avait prise.

Fit disparaître sa main sous son vêtement.

Reposa sa tête sur les genoux d'Hara Kei.

Les yeux ouverts, fixés dans ceux d'Hervé Joncour.

COUP DE FOUDRE !

GUILLAUME DE LORRIS

Le Roman de la Rose

Dans le miroir, entre mille autres objets, j'aper-
çus, dans un endroit écarté et clos d'une haie,
des rosiers chargés de roses. J'en eus aussitôt si
grande envie que je n'eusse laissé à aucun prix
d'aller vers le massif le plus épais. Cette folie
s'étant emparée de moi, dont beaucoup d'autres
ont été pris, je dirigeai mes pas vers les rosiers,
et quand je fus près, l'odeur enivrante des roses
me pénétra jusqu'aux entrailles.

Si je n'avais craint d'être assailli ou gourmandé,
j'en aurais cueilli au moins une pour la tenir dans
ma main et en respirer le parfum. Mais j'eus peur
d'avoir à m'en repentir, car cela aurait pu fâcher
le seigneur du verger.

Il y avait là des monceaux de roses ; jamais il
n'en fut de plus belles sous les cieux. Il y avait de
petits boutons fermés, et d'autres un peu plus
gros, et d'autres encore plus développés et prêts
à s'épanouir ; ceux-ci ne sont pas à mépriser : les
roses larges ouvertes passent en une journée,
mais les boutons se gardent frais au moins deux
ou trois jours. Les boutons que je vis me plurent

fort. Je me dis que celui qui pourrait en cueillir
un serait bien heureux, et que si je pouvais en
avoir assez pour m'en faire une couronne, elle
me serait plus chère qu'un trésor.

Parmi ces boutons j'en élus un si beau qu'à
côté de lui je ne prisai nul des autres, après que
je l'eus bien regardé, car il était enluminé d'une
couleur si vermeille et si fine que Nature n'avait
pu mieux faire : elle y avait disposé par grande
maîtrise quatre paires de feuilles à la suite ; la
queue était droite comme jonc, et par-dessus se
dressait le bouton qui répandait une odeur si
suave qu'elle emplissait toute la place.

Et quand je sentis ce parfum pénétrant, je ne
pensai plus à retourner sur mes pas : je me serais
volontiers approché pour prendre le bouton, si
j'avais osé y porter la main ; mais des chardons
aigus et piquants m'en empêchaient ; des épines
et des ronces crochues ne me laissaient pas aller
plus avant, et je craignais de me blesser.

Le dieu d'Amour, qui ne cessait pas de m'épier
et de me poursuivre avec son arc tendu, s'était
arrêté près d'un figuier. Quand il vit que j'avais
choisi ce bouton qui me plaisait plus que tout
autre, il prit aussitôt une flèche et l'encocha, puis
bandant son arc jusqu'à l'oreille il me visa à l'œil
et me planta la sagette raide à travers le cœur.
Un froid mortel me saisit, qui depuis m'a causé
maint frisson sous chaude pelisse. Aussitôt que
je fus enferré, je chus à terre et le cœur me faillit.
Je demeurai longtemps gisant et pâmé ; quand
je repris mes sens, je me trouvai si faible que je
crus avoir perdu beaucoup de sang, mais la

sagette qui m'avait percé ne m'avait pas fait saigner, et ma plaie était toute sèche. Je pris alors la flèche à deux mains, et commençai à tirer fort, et en tirant à soupirer, et je tirai tant que j'amenai à moi le fût empenné. Mais la pointe barbelée, qui avait non Beauté, était fichée si profondément dans mon cœur qu'elle n'en put être extraite ; elle resta dedans, et je l'y sens encore.

Plein d'angoisse devant le péril redoublé, je ne savais que faire ni où trouver médecin qui me guérît ma plaie, car je n'en attendais remède d'herbe ni de racine.

Mon cœur n'aspirait qu'à cueillir le bouton et me poussait vers lui : si je l'avais eu en ma possession, il m'aurait rendu la vie. Sa vue seule et son odeur allégeaient mes souffrances.

Je m'avançai de nouveau vers le rosier. Mais Amour en avait pris une autre flèche à la pointe d'or : c'était la seconde, celle qui est nommée Simplesse et qui rendit amoureux maint homme et mainte femme par le monde.

Quand il me vit approcher, Amour, sans me menacer autrement, me décocha sa flèche si bien que le fer m'entra par l'œil dans le cœur, et pour n'en ressortir jamais, car, si je pus en retirer le fût sans grand effort, la pointe demeura dedans.

Or sachez bien que si j'avais jusqu'alors été très désireux du bouton, ma volonté de l'avoir fut encore plus forte, et plus le mal me torturait, plus croissait mon désir d'aller vers la rosette embaumée. Mieux m'eût valu sans doute y renoncer, mais comment ne pas obéir, quand mon cœur

commandait ? Il me fallait coûte que coûte le
suivre là où il tendait.

L'Archer qui ne cherchait qu'à me blesser ne
m'y laissa pas aller sans peine, mais, pour mieux
me mettre à mal, il fit voler la troisième flèche
qui était appelée Courtoisie. La plaie fut large et
profonde, et il me fallut choir pâmé sous un oli-
vier. J'y demeurai longtemps sans bouger. Quand
je pus faire un effort, je pris la flèche et j'en tirai
le bois, mais j'eus beau m'évertuer, la sagette me
resta au cœur.

Je me mis alors sur mon séant, troublé et pen-
sif. Ma plaie me tourmente cruellement et m'invite à m'approcher encore du bouton qui me
captive. Mais l'archer m'épouvante, car échaudé
craint l'eau.

La nécessité est chose puissante. J'aurais vu
pleuvoir dru comme grêle carreaux et pierres
pêle-mêle, il fallait que j'allasse vers le bouton,
car Amour qui surmonte tout me donnait cœur
et hardiesse pour faire son commandement.

Je me dressai, faible et languissant comme un
homme blessé, et essayai de m'avancer, malgré
l'archer, vers le rosier cher à mon cœur ; mais il
était entouré de tant d'épines, de chardons et de
ronces que je ne pus les franchir. Je dus rester au
pied de la haie hérissée de piquants. Néanmoins,
j'étais heureux d'être si près, parce que je respirais l'odeur délicieuse qui s'exhalait du bouton et
me consolais à sa vue à tel point que j'en oubliais
à moitié mes maux.

Mon aise, hélas ! fut de courte durée, car le dieu
d'Amour, qui veut mettre en pièces mon cœur

dont il a fait sa cible, me livre un nouvel assaut et me décoche sous la mamelle une quatrième flèche. Celle-ci avait nom Compagnie : il n'en est nulle qui mette plus tôt à merci dame ou demoiselle.

Ce coup renouvela et empira mes douleurs qui furent telles que je m'évanouis trois fois de suite. Quand je reviens à moi, je pleure et je soupire. Je souffre tant que je n'espère plus de soulagement. Mieux me vaudrait être mort que vif, car à la fin, je n'y puis échapper, Amour fera de moi un martyr. Cependant Amour a pris une dernière flèche que je tiens pour très puissante : c'est Beau Semblant qui ne souffre que nul amant se repente jamais de servir Amour, quelque mal qu'il sente. Elle est aiguë pour percer et tranchante comme rasoir ; mais Amour a frotté la pointe d'un onguent très précieux afin qu'elle ne puisse pas trop nuire, et pour que les parfaits amants y trouvent quelque allégeance.

Amour a tiré sur moi cette flèche qui m'a fait au cœur une profonde blessure, mais l'onguent s'y est répandu qui me rendit la vie. J'arrachai la flèche de ma plaie, mais le fer y demeure encore.

Ainsi j'eus cinq flèches bien enfoncées dans le cœur, qui jamais n'en seront ôtées. La dernière, comme je l'ai dit, avait une vertu singulière, elle portait en elle ensemble la douceur et l'amertume : sa piqûre irritait ma chair à tel point que j'en pâlissais, et d'autre part je sentais son onction bienfaisante.

WILLIAM SHAKESPEARE

Roméo et Juliette

ROMÉO, *à un serviteur*.

Quelle est cette dame, là-bas,
Qui enrichit la main de ce cavalier ?

LE SERVITEUR

Je ne sais pas, monsieur.

ROMÉO

Oh, elle enseigne aux torches à briller clair !
On dirait qu'elle pend à la joue de la nuit
Comme un riche joyau à une oreille éthiopienne.
Beauté trop riche pour l'usage, et trop précieuse
Pour cette terre ! Telle une colombe de neige
Dans un vol de corneilles, telle là-bas
Est parmi ses amies cette jeune dame.
Dès la danse finie, je verrai où elle se tient
Et ma main rude sera bénie d'avoir touché à la
    sienne.
Mon cœur a-t-il aimé, avant aujourd'hui ?
Jurez que non, mes yeux, puisque avant ce soir
Vous n'aviez jamais vu la vraie beauté.

TYBALT

Celui-ci, si j'en juge d'après sa voix,
Doit être un Montaigu. Ma rapière, petit !
Comment ce misérable peut-il oser
Venir ici, sous un masque grotesque,
Dénigrer notre fête et se moquer d'elle ?
Vrai, par le sang et l'honneur de ma race,
Si je l'égorge sur place, je n'y verrai pas un péché !

CAPULET

Eh, qu'y a-t-il, mon neveu ?
Pourquoi tempêtez-vous comme cela ?

TYBALT

Un Montaigu est ici, mon oncle ! Un de nos en-
    nemis.
Un traître qui se glisse ici par bravade
Pour dénigrer notre réception de ce soir.

CAPULET

C'est le jeune Roméo, n'est-ce pas ?

TYBALT

Lui-même, le misérable Roméo.

CAPULET

Calme-toi, cher neveu, laisse-le en paix.
Il se conduit en parfait gentilhomme,
Et c'est la vérité que Vérone est fière de lui
Comme d'un jeune seigneur vertueux et bien
    éduqué.
Je ne voudrais, pour tout l'or de la ville,

Qu'il lui soit fait outrage dans ma maison :
Donc, retiens-toi, ne fais pas attention à lui.
Telle est ma volonté. Et si tu la respectes
Tu vas paraître aimable et chasser ces plis de ton
   front
Qui ne conviennent pas à un soir de fête.

TYBALT

Que si, puisqu'un pareil coquin
Est là, parmi nos hôtes ! Je ne le supporterai pas.

CAPULET

Vous le supporterez ! Quoi, mon petit monsieur,
N'ai-je pas dit qu'il en sera ainsi ? Ah, diable,
Qui est le maître ici, vous ou moi ? Allons donc,
Vous ne supporteriez... Dieu accueille mon âme !
Vas-tu porter l'émeute parmi mes hôtes ?
Tout chambarder ? Jouer au fier-à-bras ?

TYBALT

Mais, mon oncle, c'est une honte.

CAPULET

Allons, allons,
Tu es un insolent, ne le vois-tu pas ?
De ces manières-là il pourrait t'en cuire, je te le
   dis.
Tu veux me contrarier, bien sûr. Ah, Dieu, c'est
   le moment !

Aux danseurs.

Bravo, mes jolis cœurs !... Va, tu n'es qu'un blanc-
bec.

Tiens-toi tranquille, sinon... Plus de lumière, que
    diable,
Plus de lumière !... Sinon, oui, je saurai bien t'y
    contraindre.
Allons, amusez-vous, mes jolis cœurs !

TYBALT

Cette patience obligée se heurte à mon ardente
    colère
Et mes membres frémissent de ce combat.
Je vais me retirer ; mais cette intrusion
Qui maintenant leur semble inoffensive
Tournera vite au fiel le plus amer.

Il sort.

ROMÉO, *à Juliette.*

Si j'ai pu profaner, de ma main indigne,
Cette châsse bénie, voici ma douce pénitence :
Mes lèvres sont toutes prêtes, deux rougissants
    pèlerins,
À guérir d'un baiser votre souffrance.

JULIETTE

Bon pèlerin, vous êtes trop cruel pour votre main
Qui n'a fait que montrer sa piété courtoise.
Les mains des pèlerins touchent celles des saintes,
Et leur baiser dévot, c'est paume contre paume.

ROMÉO

Saintes et pèlerins ont aussi des lèvres ?

JULIETTE

Oui, pèlerin, qu'il faut qu'ils gardent pour prier.

ROMÉO

Oh, fassent, chère sainte, les lèvres comme les
    mains !
Elles qui prient, exauce-les, de crainte
Que leur foi ne devienne du désespoir.

JULIETTE

Les saints ne bougent pas, même s'ils exaucent
    les vœux.

ROMÉO

Alors ne bouge pas, tandis que je recueille
Le fruit de mes prières. Et que mon péché
S'efface de mes lèvres grâce aux tiennes.

Il l'embrasse.

JULIETTE

Il s'ensuit que ce sont mes lèvres
Qui portent le péché qu'elles vous ont pris.

ROMÉO

Le péché, de mes lèvres ? Ô charmante façon
De pousser à la faute ! Rends-le-moi !

Il l'embrasse à nouveau.

JULIETTE

Il y a de la religion dans vos baisers.

JEAN RACINE

Phèdre

PHÈDRE

Mon mal vient de plus loin. À peine au fils d'Égée
Sous les lois de l'hymen je m'étais engagée,
Mon repos, mon bonheur semblait être affermi,
Athènes me montra mon superbe ennemi.
Je le vis, je rougis, je pâlis à sa vue ;
Un trouble s'éleva dans mon âme éperdue ;
Mes yeux ne voyaient plus, je ne pouvais parler ;
Je sentis tout mon corps et transir et brûler.
Je reconnus Vénus et ses feux redoutables,
D'un sang qu'elle poursuit tourments inévitables.
Par des vœux assidus je crus les détourner :
Je lui bâtis un temple, et pris soin de l'orner ;
De victimes moi-même à toute heure entourée,
Je cherchais dans leurs flancs ma raison égarée.
D'un incurable amour remèdes impuissants !
En vain sur les autels ma main brûlait l'encens :
Quand ma bouche implorait le nom de la Déesse,
J'adorais Hippolyte ; et le voyant sans cesse,
Même au pied des autels que je faisais fumer,

J'offrais tout à ce Dieu que je n'osais nommer.
Je l'évitais partout. Ô comble de misère !
Mes yeux le retrouvaient dans les traits de son
  père.
Contre moi-même enfin j'osai me révolter :
J'excitai mon courage à le persécuter.
Pour bannir l'ennemi dont j'étais idolâtre,
J'affectai les chagrins d'une injuste marâtre ;
Je pressai son exil, et mes cris éternels
L'arrachèrent du sein et des bras paternels.
Je respirais, Œnone ; et depuis son absence,
Mes jours moins agités coulaient dans l'inno-
  cence.
Soumise à mon époux, et cachant mes ennuis,
De son fatal hymen je cultivais les fruits.
Vaines précautions ! Cruelle destinée !
Par mon époux lui-même à Trézène amenée,
J'ai revu l'ennemi que j'avais éloigné :
Ma blessure trop vive aussitôt a saigné.
Ce n'est plus une ardeur dans mes veines cachée :
C'est Vénus tout entière à sa proie attachée.
J'ai conçu pour mon crime une juste terreur ;
J'ai pris la vie en haine, et ma flamme en horreur.
Je voulais en mourant prendre soin de ma gloire,
Et dérober au jour une flamme si noire :
Je n'ai pu soutenir tes larmes, tes combats ;
Je t'ai tout avoué ; je ne m'en repens pas,
Pourvu que de ma mort respectant les approches,
Tu ne m'affliges plus par d'injustes reproches,
Et que tes vains secours cessent de rappeler
Un reste de chaleur tout prêt à s'exhaler.

STENDHAL

Le Rouge et le Noir

Non so più cosa son.
Cosa lacio.

MOZART *(Figaro.)*

Avec la vivacité et la grâce qui lui étaient natu-
relles quand elle était loin des regards des hommes, madame de Rênal sortait par la porte-
fenêtre du salon qui donnait sur le jardin, quand
elle aperçut près de la porte d'entrée la figure
d'un jeune paysan presque encore enfant, extrêmement pâle et qui venait de pleurer. Il était en
chemise bien blanche, et avait sous le bras une
veste fort propre de ratine violette.

Le teint de ce petit paysan était si blanc, ses
yeux si doux, que l'esprit un peu romanesque de
madame de Rênal eut d'abord l'idée que ce pouvait être une jeune fille déguisée, qui venait demander quelque grâce à M. le maire. Elle eut pitié
de cette pauvre créature, arrêtée à la porte d'entrée, et qui évidemment n'osait pas lever la main
jusqu'à la sonnette. Madame de Rênal s'approcha, distraite un instant de l'amer chagrin que lui

donnait l'arrivée du précepteur. Julien, tourné vers la porte, ne la voyait pas s'avancer. Il tressaillit quand une voix douce dit tout près de son oreille :

— Que voulez-vous ici, mon enfant ?

Julien se tourna vivement, et frappé du regard si rempli de grâce de madame de Rênal, il oublia une partie de sa timidité. Bientôt, étonné de sa beauté, il oublia tout, même ce qu'il venait faire. Madame de Rênal avait répété sa question.

— Je viens pour être précepteur, madame, lui dit-il enfin, tout honteux de ses larmes qu'il essuyait de son mieux.

Madame de Rênal resta interdite ; ils étaient fort près l'un de l'autre à se regarder. Julien n'avait jamais vu un être aussi bien vêtu et surtout une femme avec un teint si éblouissant, lui parler d'un air doux. Madame de Rênal regardait les grosses larmes, qui s'étaient arrêtées sur les joues si pâles d'abord et maintenant si roses de ce jeune paysan. Bientôt elle se mit à rire, avec toute la gaîté folle d'une jeune fille ; elle se moquait d'elle-même et ne pouvait se figurer tout son bonheur. Quoi, c'était là ce précepteur qu'elle s'était figuré comme un prêtre sale et mal vêtu, qui viendrait gronder et fouetter ses enfants !

— Quoi, monsieur, lui dit-elle enfin, vous savez le latin ?

Ce mot de monsieur étonna si fort Julien qu'il réfléchit un instant.

— Oui, madame, dit-il timidement.

Madame de Rênal était si heureuse, qu'elle osa dire à Julien :

— Vous ne gronderez pas trop ces pauvres enfants ?

— Moi, les gronder, dit Julien étonné, et pour-quoi ?

— N'est-ce pas, monsieur, ajouta-t-elle après un petit silence et d'une voix dont chaque instant augmentait l'émotion, vous serez bon pour eux, vous me le promettez ?

S'entendre appeler de nouveau monsieur, bien sérieusement, et par une dame si bien vêtue était au-dessus de toutes les prévisions de Julien : dans tous les châteaux en Espagne de sa jeu-nesse, il s'était dit qu'aucune dame comme il faut ne daignerait lui parler que quand il aurait un bel uniforme. Madame de Rênal de son côté était complètement trompée par la beauté du teint, les grands yeux noirs de Julien et ses jolis cheveux qui frisaient plus qu'à l'ordinaire parce que pour se rafraîchir il venait de plonger la tête dans le bassin de la fontaine publique. À sa grande joie elle trouvait l'air timide d'une jeune fille à ce fatal précepteur, dont elle avait tant redouté pour ses enfants la dureté et le ton rébarbatif. Pour l'âme si paisible de madame de Rênal, le contraste de ses craintes et de ce qu'elle voyait fut un grand événement. Enfin, elle revint de sa surprise. Elle fut étonnée de se trouver ainsi à la porte de sa maison avec ce jeune homme presque en chemise et si près de lui.

— Entrons, monsieur, lui dit-elle d'un air assez embarrassé ; de sa vie, une sensation purement agréable n'avait aussi profondément ému ma-dame de Rênal ; jamais une apparition aussi gracieuse n'avait succédé à des craintes plus inquiétantes. Ainsi ses jolis enfants, si soignés par elle, ne tomberaient pas dans les mains d'un prêtre sale et grognon. À peine entrée sous le vestibule, elle se retourna vers Julien qui la suivait timidement. Son air étonné, à l'aspect d'une maison si belle, était une grâce de plus aux yeux de madame de Rênal. Elle ne pouvait en croire ses yeux ; il lui semblait surtout que le précepteur devait avoir un habit noir.

— Mais est-il vrai, monsieur, lui dit-elle, en s'arrêtant encore, et craignant mortellement de se tromper, tant sa croyance la rendait heureuse, vous savez le latin ? Ces mots choquèrent l'orgueil de Julien et dissipèrent le charme dans lequel il vivait depuis un quart d'heure.

— Oui, madame, lui dit-il, en cherchant à prendre un air froid, je sais le latin aussi bien que M. le curé et même quelquefois il a la bonté de dire mieux que lui.

Madame de Rênal trouva que Julien avait l'air fort méchant ; il s'était arrêté à deux pas d'elle. Elle s'approcha et lui dit à mi-voix :

— N'est-ce pas, les premiers jours, vous ne donnerez pas le fouet à mes enfants, même quand ils ne sauraient pas leurs leçons ?

Ce ton si doux et presque suppliant d'une si belle dame fit tout à coup oublier à Julien ce qu'il devait à sa réputation de latiniste. La figure de madame de Rênal était près de la sienne, il sentit le parfum des vêtements d'été d'une femme, chose si étonnante pour un pauvre paysan. Julien rougit extrêmement et dit avec un soupir, et d'une voix défaillante :

— Ne craignez rien, madame, je vous obéirai en tout.

Ce fut en ce moment seulement, quand son inquiétude pour ses enfants fut tout à fait dissipée, que madame de Rênal fut frappée de l'extrême beauté de Julien. La forme presque féminine de ses traits, et son air d'embarras, ne semblèrent point ridicules à une femme extrêmement timide elle-même. L'air mâle que l'on trouve communément nécessaire à la beauté d'un homme lui eût fait peur.

— Quel âge avez-vous, monsieur ? dit-elle à Julien.

— Bientôt dix-neuf ans.

— Mon fils aîné a onze ans, reprit madame de Rênal tout à fait rassurée, ce sera presque un camarade pour vous, vous lui parlerez raison. Une fois son père a voulu le battre ; l'enfant a été malade pendant toute une semaine, et cependant c'était un bien petit coup. Quelle différence avec moi, pensa Julien. Hier encore, mon père m'a battu. Que ces gens riches sont heureux !

Madame de Rênal en était déjà à saisir les moindres nuances de ce qui se passait dans l'âme du précepteur ; elle prit ce mouvement de tristesse pour de la timidité, et voulut l'encourager.

— Quel est votre nom, monsieur, lui dit-elle, avec un accent et une grâce dont Julien sentit tout le charme, sans pouvoir s'en rendre compte.

On m'appelle Julien Sorel, madame ; je tremble en entrant pour la première fois de ma vie dans une maison étrangère, j'ai besoin de votre protection et que vous me pardonniez bien des choses les premiers jours. Je n'ai jamais été au collège, j'étais trop pauvre ; je n'ai jamais parlé à d'autres hommes que mon cousin le chirurgien-major, membre de la légion d'honneur, et M. le curé Chélan. Il vous rendra bon témoignage de moi. Mes frères m'ont toujours battu, ne les croyez pas s'ils vous disent du mal de moi, pardonnez mes fautes, madame, je n'aurai jamais mauvaise intention.

Julien se rassurait pendant ce long discours, il examinait madame de Rênal. Tel est l'effet de la grâce parfaite, quand elle est naturelle au caractère, et que surtout la personne qu'elle décore ne songe pas à avoir de la grâce ; Julien, qui se connaissait fort bien en beauté féminine, eût juré dans cet instant qu'elle n'avait que vingt ans. Il eut sur-le-champ l'idée hardie de lui baiser la main. Bientôt il eut peur de son idée ; un instant après, il se dit : Il y aurait de la lâcheté à moi de ne pas exécuter une action qui peut m'être utile, et diminuer le mépris que cette belle dame a probablement pour un pauvre ouvrier à peine arraché à la scie. Peut-être Julien fut-il un peu encouragé par ce mot de joli garçon, que depuis six mois il entendait répéter le dimanche par quelques jeunes filles. Pendant ces débats intérieurs, madame de Rênal lui adressait deux ou trois mots d'instruction sur la façon de débuter avec les enfants. La violence que se faisait Julien le rendit de nouveau fort pâle ; il dit, d'un air contraint :

— Jamais, madame, je ne battrai vos enfants ;
je le jure devant Dieu. Et en disant ces mots, il
osa prendre la main de madame de Rênal, et la
porter à ses lèvres. Elle fut étonnée de ce geste et
par réflexion choquée. Comme il faisait très
chaud, son bras était tout à fait nu sous son
châle, et le mouvement de Julien, en portant la
main à ses lèvres, l'avait entièrement découvert.
Au bout de quelques instants, elle se gronda elle-
même, il lui sembla qu'elle n'avait pas été assez
rapidement indignée.

GUSTAVE FLAUBERT

L'Éducation sentimentale

Ce fut comme une apparition :

Elle était assise, au milieu du banc, toute seule ;
ou du moins il ne distingua personne, dans
l'éblouissement que lui envoyèrent ses yeux. En
même temps qu'il passait, elle leva la tête ; il flé-
chit involontairement les épaules ; et, quand il se
fut mis plus loin, du même côté, il la regarda.

Elle avait un large chapeau de paille, avec des
rubans roses qui palpitaient au vent, derrière elle.
Ses bandeaux noirs, contournant la pointe de
ses grands sourcils, descendaient très bas et
semblaient presser amoureusement l'ovale de sa
figure. Sa robe de mousseline claire, tachetée de
petits pois, se répandait à plis nombreux. Elle
était en train de broder quelque chose ; et son
nez droit, son menton, toute sa personne se
découpait sur le fond de l'air bleu.

Comme elle gardait la même attitude, il fit plusieurs tours de droite et de gauche pour dissi-
muler sa manœuvre ; puis il se planta tout près
de son ombrelle, posée contre le banc, et il affec-
tait d'observer une chaloupe sur la rivière.

Jamais il n'avait vu cette splendeur de sa peau brune, la séduction de sa taille, ni cette finesse des doigts que la lumière traversait. Il considérait son panier à ouvrage avec ébahissement, comme une chose extraordinaire. Quels étaient son nom, sa demeure, sa vie, son passé ? Il souhaitait connaître les meubles de sa chambre, toutes les robes qu'elle avait portées, les gens qu'elle fréquentait ; et le désir de la possession physique même disparaissait sous une envie plus profonde, dans une curiosité douloureuse qui n'avait pas de limites.

Une négresse, coiffée d'un foulard, se présenta, en tenant par la main une petite fille, déjà grande. L'enfant, dont les yeux roulaient des larmes, venait de s'éveiller ; elle la prit sur ses genoux. « Mademoiselle n'était pas sage, quoiqu'elle eût sept ans bientôt ; sa mère ne l'aimerait plus ; on lui pardonnait trop ses caprices. » Et Frédéric se réjouissait d'entendre ces choses, comme s'il eût fait une découverte, une acquisition.

Il la supposait d'origine andalouse, créole peut-être ; elle avait ramené des îles cette négresse avec elle ?

Un long châle à bandes violettes était placé derrière son dos, sur le bordage de cuivre. Elle avait dû, bien des fois, au milieu de la mer, durant les soirs humides, en envelopper sa taille, s'en couvrir les pieds, dormir dedans ! Mais, entraîné par les franges, il glissait peu à peu, il allait tomber dans l'eau, Frédéric fit un bond et le rattrapa. Elle lui dit :

— Je vous remercie, monsieur.

Leurs yeux se rencontrèrent.

ERNEST HEMINGWAY

Pour qui sonne le glas

La jeune fille se penchait pour sortir de la grotte, portant un grand plateau de fer ; Robert Jordan vit son visage détourné et discerna tout de suite ce qu'elle avait d'étrange. Elle sourit et dit : « *Hola*, camarade. » « *Salud* », répondit Robert Jordan, et il prit bien garde de ne pas dévisager la jeune fille, sans cependant détourner les yeux. Elle posa le plateau de fer devant lui et il remarqua ses belles mains brunes. Maintenant, elle le regardait bien en face et souriait. Ses dents étaient blanches dans son visage brun, et sa peau et ses yeux étaient du même brun doré. Elle avait les pommettes hautes, les yeux gais, et une bouche droite aux lèvres charnues. Ses cheveux avaient la couleur d'or bruni d'un champ de blé brûlé par le soleil, mais ils étaient coupés si court qu'ils faisaient penser au pelage d'un castor. Elle sourit en regardant Robert Jordan, leva sa main brune et se la passa sur la tête, aplatissant ses cheveux qui se redressaient ensuite à mesure. Elle a un beau visage, pensa Robert Jordan. Elle serait très belle si on ne l'avait pas tondue.

« C'est comme ça que je les peigne, dit-elle à Robert Jordan, et elle rit. Allons, mangez. Ne me regardez pas. Cette coiffure, ça vient de Valladolid. Ils ont presque repoussé maintenant. »

Elle s'assit en face de lui et le regarda. Il la regardait, lui aussi ; elle sourit et croisa ses mains sur ses genoux. Ses jambes apparaissaient longues et pures, hors de son pantalon d'homme, tandis qu'elle était assise ainsi, les mains croisées en travers des genoux, et il voyait la forme de ses petits seins dressés sous sa chemise grise. Chaque fois que Robert Jordan la regardait, il se sentait une boule dans la gorge.

« Il n'y a pas d'assiettes, dit Anselmo. Prends ton couteau. » La jeune fille avait posé quatre fourchettes sur le rebord du plateau de fer.

Ils mangeaient à même le plat, sans parler, selon la coutume espagnole. Le lapin au vin rouge était garni d'oignons, de poivrons et de pois chiches. Il était bien préparé, la chair se détachait d'elle-même des os, et la sauce était délicieuse. Robert Jordan but encore une tasse de vin en mangeant. La jeune fille le regarda tout le long du repas. Tous les autres regardaient leur nourriture et mangeaient. Robert Jordan épongea devant lui la dernière goutte de sauce avec un bout de pain, empila les os de lapin sur le côté, épongea la sauce qui restait à l'endroit où ces os se trouvaient tout d'abord, puis il essuya sa fourchette avec du pain, essuya son couteau, le replia et avala le pain. Il se pencha pour remplir sa tasse de vin. La jeune fille le regardait toujours.

Robert Jordan but la moitié de la tasse, mais, lorsqu'il s'adressa à la jeune fille, la boule était toujours dans sa gorge.

« Comment t'appelles-tu ? » demanda-t-il.

En entendant le son de sa voix, Pablo le regarda vivement. Puis il se leva et s'éloigna.

« Maria. Et toi ?

— Roberto. Il y a longtemps que tu es dans la montagne ?

— Trois mois.

— Trois mois ? » Il regarda les cheveux épais et courts qui se couchaient sous la main que la jeune fille y passait — avec gêne à présent — puis se relevaient comme, sur un coteau, un champ de blé dans le vent. « On me les a rasés, dit-elle. On les rasait régulièrement à la prison de Valladolid. Il a fallu trois mois pour qu'ils retrouvent cette taille. J'étais dans le train. On m'emmenait dans le sud. Beaucoup de prisonniers ont été repris après l'explosion, mais pas moi. Je me suis échappée avec ceux-là.

— Je l'ai trouvée cachée dans les roches, dit le Gitan. C'était au moment où nous repartions. Bon sang, qu'elle était laide ! Nous l'avons emmenée avec nous, mais j'ai cru plusieurs fois qu'il faudrait l'abandonner.

— Et l'autre qui était avec eux au train ? demanda Maria. L'autre blond, l'étranger. Où est-il ?

— Mort, dit Robert Jordan. En avril.

— En avril ? Le train date d'avril.

— Oui, dit Robert Jordan. Il est mort dix jours après le train.

— Pauvre homme, dit-elle. Il était très brave. Et tu fais le même travail ?

— Oui.

— Tu as fait des trains aussi ?

— Oui. Trois trains.

— Ici ?

— En Estrémadure, dit-il. J'étais en Estrémadure avant de venir ici. Il y a beaucoup à faire en Estrémadure. Nous sommes plusieurs à travailler par là.

— Et pourquoi viens-tu dans ces montagnes à présent ?

— Je remplace l'autre blond. Et puis, je connaissais déjà cette région avant le mouvement.

— Tu la connais bien ?

— Non, pas vraiment bien. Mais j'apprendrai vite. J'ai une bonne carte et un bon guide.

— Le vieux, fit-elle en hochant la tête. Le vieux est très bien.

— Merci », dit Anselmo, et Robert Jordan s'avisa soudain qu'il n'était pas seul avec la jeune fille ; il se rendit compte aussi qu'il avait du mal à la regarder, tellement il était incapable d'empêcher que sa propre voix ne changeât de ce fait. Il était en train de violer la seconde des deux règles que l'on doit appliquer si l'on veut bien s'entendre avec les gens de langue espagnole : donner du tabac aux hommes et ne pas s'occuper des femmes ; et il s'avisa tout d'un coup que cela lui était égal. Il y avait tant de choses dont il n'avait pas à se soucier, pourquoi se fût-il soucié de cela ?

« Tu as un très beau visage, dit-il à Maria. Je regrette de ne pas avoir eu la chance de te voir avant qu'on te coupe les cheveux.

— Ils repousseront, dit-elle. Dans six mois, ils seront assez longs.

— Fallait la voir quand nous l'avons ramenée du train. Elle était si laide que ça faisait mal au cœur.

— Tu es la femme de qui ? demanda Robert Jordan, essayant à présent de se reprendre. De Pablo ? »

Elle le regarda et rit, puis lui donna une tape sur le genou.

« De Pablo ? Tu as vu Pablo ?

— De Rafael, alors. J'ai vu Rafael.

— De Rafael non plus.

— De personne, dit le Gitan. C'est une femme très étrange. Elle n'est à personne. Mais elle fait bien la cuisine.

— Vraiment, à personne ? demanda Robert Jordan s'adressant à elle.

— À personne. Personne. Ni pour s'amuser ni sérieusement. À toi non plus.

— Non ? dit Robert Jordan, et il sentait la boule se gonfler de nouveau dans sa gorge. Je n'ai pas le temps de m'occuper d'une femme. C'est vrai.

— Pas quinze minutes ? demanda le Gitan taquin. Pas un quart d'heure ? » Robert Jordan ne répondit pas. Il regardait Maria et se sentait la gorge trop serrée pour oser parler.

Maria le regarda, rit, puis rougit soudain et continua à le regarder.

« Tu rougis, lui dit Robert Jordan. Tu rougis souvent ?

— Jamais.

— Tu rougis en ce moment.

— Alors je rentre dans la grotte.

— Reste ici, Maria.

— Non, dit-elle sans lui sourire. Je vais dans la grotte. »

Elle ramassa le plateau de fer sur lequel ils avaient mangé et les quatre fourchettes. Ses gestes étaient gauches comme ceux d'un poulain, mais ils avaient la même grâce animale et juvénile.

« Vous voulez que je laisse les tasses ? » demanda-t-elle.

Robert Jordan la regardait toujours et le visage de la jeune fille s'empourpra de nouveau.

« Ne me fais pas rougir, dit-elle. Je n'aime pas ça.

— Laisse-les-nous, lui dit le Gitan. Là. » Il plongea la tasse dans la jatte de grès et la tendit à Robert Jordan. Celui-ci regardait la jeune fille chargée du lourd plateau de fer baisser la tête pour rentrer dans la grotte.

« Merci », dit Robert Jordan. Sa voix était de nouveau normale, maintenant que Maria était partie.

PHILIPPE LABRO

L'étudiant étranger

Il y a une femme que je n'ai jamais vue, en manteau droit, une Noire aux yeux jaunes, qui me regarde sans bouger, avec un léger sourire indéfinissable.

— Qui êtes-vous ? dit-elle. Que faites-vous ici ?

Un instant paralysé par l'impression d'avoir été pris en faute, je laisse vite tomber les vêtements et ferme l'armoire derrière moi. J'ai le cœur qui bat fort, jusqu'à la panique.

— Euh... Je suis un élève du professeur Jennings. Et je cherchais un livre.

La jeune femme sourit toujours. Je ne fais aucun mouvement. Au bout de son bras pend un sac à main, on dirait qu'elle vient à peine d'entrer chez les Jennings. Sa voix est posée, grave, et quand je m'approche d'elle, je crois voir qu'elle a peut-être eu peur, elle aussi, en découvrant un inconnu dans la maison des Jennings.

— Vous cherchez un livre, répète-t-elle.

— Oui, dis-je en m'éloignant de l'armoire.

Passant devant elle, je marche avec résolution vers les rayons sur le mur de l'autre pièce pour faire croire à ma comédie :

— Oui, oui, j'ai dû me tromper de chambre, il doit être par là, plutôt.

La jeune femme m'a suivi d'une pièce à l'autre et m'a dit avec le même ton calme de constat :

— Certainement que votre livre est par là. On pourrait difficilement imaginer qu'il se trouve parmi les robes et les sous-vêtements d'une femme.

Je me retourne vers elle. Je ne sais rien des Noires. À cette époque, la Virginie, telle que je l'ai découverte, est totalement ségrégationniste. Les seuls Noirs auxquels j'ai eu l'occasion de m'adresser sont les trois employés de l'université qui nettoient le campus, ou bien parfois quelques serveurs de restaurant dans la petite ville adjacente à notre collège. Et même dans cette petite ville, nous n'avons aucune raison de parler avec les Noirs, ils vivent dans un quartier au-delà de nos limites, nous n'y pénétrons pas. Ici, c'est le Sud. Aussi bien n'ai-je aucune notion du parler des Noirs, mais la façon dont cette femme s'exprime et l'ironie qui semble affleurer derrière sa voix me fait comprendre qu'elle n'appartient pas à la même catégorie que tous les autres, ceux que j'ai connus jusqu'ici. J'ai l'impression qu'elle me nargue et qu'elle joue avec moi, c'est elle qui m'a surpris le visage enfoui dans la jupe de Doris et je vois qu'elle en profite, qu'elle exploite ma honte et ma gêne. Alors, je me défends comme je peux.

— Le professeur Jennings m'invite régulièrement ici pour choisir des livres. Et d'ailleurs, je donne des leçons de français à sa femme.

Elle sourit avec la même expression que je ne parviens pas à traduire : gentillesse, indulgence ou moquerie.

— Ah voilà, c'est cela, vous n'êtes pas d'ici, dit-elle. Je me disais que vous aviez un curieux accent. Vous n'êtes pas un étudiant comme les autres, alors.

— Pas tout à fait, non, dis-je.

Ma réponse semble dissiper ce sarcasme, que dans mon excès de culpabilité, j'ai cru sentir dans sa voix.

— Je m'appelle April, dit-elle, et je viens moi aussi régulièrement chez les Jennings, pour faire le ménage.

Elle relève le menton et elle ajoute immédiate-ment comme pour prévenir toute attitude méprisante de ma part :

— Je ne suis pas une femme de ménage. Je fais des heures. Je fais cela pour gagner un peu plus d'argent, c'est bien payé. J'ai un autre métier.

— Bien sûr, dis-je.

— Je suis institutrice de l'autre côté de la ville, dit-elle, du côté où vous n'allez jamais.

Je ne réponds pas. Elle me sourit toujours, plongeant ses yeux dans les miens.

— J'aurais dû m'apercevoir que vous n'étiez pas comme les autres, dit-elle, à ceci que vous ne fuyez pas mon regard. Les Américains ont du mal à regarder une Noire en face, surtout si elle est belle, vous n'avez pas remarqué cela ?

— Non, dis-je, je n'en ai pas eu l'occasion.

Elle rit.

— Vous ne l'aurez pas souvent. Je ne l'ai pas beaucoup moi-même. Quel effet ça vous fait ? C'est comme ça dans votre pays ?

— Je ne m'en suis jamais préoccupé, dis-je.

Elle rit toujours, mais sur un ton plus sec et plus amer. Puis, elle ôte son manteau, pose le sac sur une table et fait des gestes rapides et brusques comme pour se débarrasser d'un nuage qui flotterait autour d'elle.

— N'en parlons plus, dit-elle. J'ai du travail et j'ai des choses à faire. Vous comptez rester ici ?

— Non, non, dis-je, je vais partir.

Mais j'ai du mal à détacher mon regard de ces curieux yeux jaunes, de ce sourire qui envoie tant de messages à la fois. Ironie, âpreté, supériorité puis infériorité, puis reprise en main du terrain, jeu subtil qu'elle a établi entre nous, jeu de pouvoir. Elle possède l'avantage de m'avoir surpris dans une situation qui m'a laissé sans défense. Je possède celui de ma race, de ma condition de gentleman du collège, et même si je n'appartiens pas à ce pays, à ce Sud et à ses mœurs, j'en ai imperceptiblement acquis les habits et les gestes et si différence il y a, elle est infime. Aussi bien April joue-t-elle à nous ramener chacun à un niveau égal. Et c'est impossible : il passe chez cette jeune femme, belle, et qui dit qu'elle est belle, comme un courant d'orgueil et d'agressivité qui la pousse à vouloir me dominer, me faire plier sous son regard, et m'envelopper de l'apparente maturité de son jugement. Elle retrouve vite le ton du sarcasme, la perfidie. Ainsi lance-t-elle :

— Vous n'emportez pas le livre que vous cherchiez ?

Comme je ne réponds pas, elle tend la main vers moi et passe alors dans la seconde même à une bienveillance déconcertante.

— Je ne parlerai de tout cela à personne, ne vous inquiétez pas.

— Vous pouvez en parler si vous voulez, dis-je. Je ne faisais rien de mal.

Elle a battu des cils et s'est rapprochée de moi. Sa main s'est posée sur mon avant-bras, geste fréquent dans cette partie du pays, mais que la singularité du moment rend plus intime. Le cœur me cogne fort à nouveau, mais ce n'est plus pour la même raison que tout à l'heure. A-t-elle aperçu mon émotion ? Sa voix se fait rauque, cette voix qui m'attire.

— Il n'y a rien de mal en effet, dit-elle en articulant lentement les mots, à tenter de guérir sa solitude en caressant la jupe d'une femme. Mais à tout prendre, alors, est-ce que vous n'avez pas plus envie de le faire sur quelqu'un qui est présent ?

Elle a pris ma main et l'a posée sur sa hanche et j'ai senti sous la paume comme une rondeur chaude et j'ai lentement glissé de quelques centimètres le long du bassin, ne la quittant pas des yeux, retenant mon souffle dans le silence de la petite baraque, avec le vent dehors qui continuait sa plainte et April qui retient mes yeux, elle aussi, et se laisse caresser par-dessus le tissu, à hauteur de l'estomac, puis ma main droite rejoint l'aine gauche et c'est à deux mains que je ramène son corps vers le mien et que je veux l'embrasser, mais elle se détache alors et dit, la voix courte :

— Non.

Nous nous regardons. Elle respire plus serré, comme moi. Je vois dans ses yeux cette lueur un peu folle, cet éclat doré qui se dilate dans la prunelle marron et m'avait frappé dès qu'elle était apparue dans l'entrebâillement de la porte de la chambre à coucher. Elle entrouvre ses lèvres en un sourire qui n'a plus rien de commun avec tous ceux qui précédèrent, un peu triste et fané, comme si elle avait déjà vécu tout cela.

— Non, répète-t-elle. C'est trop dangereux. C'est impossible.

Mais comme je me rapproche d'elle et que je porte de nouveau mes mains là où je l'ai déjà touchée — puisque je me dis, que là, au moins, j'ai le droit, c'est un espace qui a déjà été reconnu — je la sens trembler et c'est elle qui colle sa bouche à la mienne soudain et me donne un baiser long et lourd et bon, au goût de vin sucré, comme je n'en ai reçu ni donné de ma vie, un goût qui me fait fermer les yeux pour mieux m'y perdre et pour mieux y répondre. Tout son corps s'est plaqué au mien sans retenue, sans cette distance toujours calculée des filles des collèges de filles, et je sens ses cuisses, ses seins, son bas-ventre qui se collent à moi et je la parcours des mains pour compléter l'extraordinaire sensation d'abandon et d'unisson qui vient de m'envahir. April se détache de moi et recule de quelques mètres.

— Non, dit-elle, c'est moi qui ai raison. C'est trop dangereux. Il faut que vous partiez. Les Jennings peuvent arriver d'un instant à l'autre. C'est impossible. Il faut partir.

Elle répète, la voix encore âpre :

— Partez.

L'Abyssin

Jean-Baptiste, tout à son émerveillement, descendit lentement les marches du perron. Il était souvent passé devant le petit jardin du consulat mais n'avait jamais eu le loisir d'y pénétrer. Il s'y attarda un instant. À droite de la courte allée de graviers était planté un boulingrin au milieu duquel coulait une petite fontaine de pierre. Il s'en approcha. Derrière le bassin, il remarqua un arbuste qui lui était inconnu. Même distrait par la rêverie, Jean-Baptiste gardait l'œil du botaniste. Il s'agenouilla près du buisson, considéra son feuillage et, moitié pour en chercher le nom dans ses livres, moitié pour garder un souvenir de cette journée, il sortit de sa poche un greffoir à manche de bois et entreprit de couper un rameau de la plante. Il jeta d'abord un coup d'œil alentour pour voir si personne ne l'observait. Son regard fut arrêté au premier étage du consulat par celui de Mlle de Maillet. Elle était accoudée à la traverse de la fenêtre et s'attendait si peu qu'il levât les yeux vers elle qu'elle se sentit aussi surprise que lui.

La belle humeur qui l'habitait fit penser à Jean-Baptiste que cette seconde rencontre en deux jours était un signe heureux. Il sourit. Elle avait encore ses rubans bleus et ce repère familier permit à Jean-Baptiste de voir autre chose : les traits si délicats de la jeune fille, son nez régulier, petit et fort droit, surtout ce regard pâle, limpide où toute gravité disparut quand elle répondit à son sourire. Mais sitôt qu'elle eut découvert sa denture blanche, enflammé son œil, la jeune fille se retira. Jean-Baptiste resta un moment le genou sur le gazon, puis debout, à attendre qu'elle reparût. La croisée resta vide. Il regagna lentement l'allée puis sortit dans la rue et rentra chez lui sans hâte.

Le merveilleux voyage qui lui était proposé reprenait possession de ses rêves. L'apparition de Mlle de Maillet, qui, la veille, avait provoqué sa tristesse, augmenta cette fois sa joie. Tout était à nouveau possible, il se sentait redevenu un voyageur libre et sans attache, comme à Venise, à Parme ou à Lisbonne. Cette seule pensée lui faisait imaginer le plaisir. Il n'en demandait pas plus.

PHILIPPE SOLLERS

Passion fixe

Une femme, à vingt mètres, est en train de monter dans une voiture, une petite Austin noire. Elle démarre vite, s'arrête net à ma hauteur, baisse sa vitre : « Je vous emmène ? » C'est Dora. Je monte. « Vous allez où ? — Nulle part. — Ah bon. »

Je regarde ses mains précises, ses jambes sûres. Elle conduit bien. On ne parle pas. On sort de Paris, porte de Saint-Cloud, Versailles. On roule encore vingt minutes, elle tourne à nouveau, route étroite, maison isolée, c'est là. Elle ouvre la grille, elle avance, tout est noir, on entre, il fait chaud, elle m'offre un dernier verre de whisky, on ne dit toujours rien, elle monte, elle m'appelle, voilà une chambre pour vous et un lit. Je m'effondre tout habillé sur une couverture rouge, on verra plus tard.

Le lendemain matin, dix heures, personne. Dans la cuisine, un mot près de la cafetière : « Je serai de retour vers 19 h. Si vous voulez partir, voilà le numéro des taxis. Sinon, à plus tard. Le chien n'est pas méchant, le gardien non plus. D. »

Je bois mon café, je prends un bain, je fais le tour de la grande maison blanche et du parc, on est en plein roman, c'est la vie réelle. Je commande un taxi (l'endroit est près de Versailles, en effet, je viens de lire l'adresse sur le papier à lettres). Je vais à Paris chercher mes affaires chez Gigi, je le paie, « ciao vieux con », il en devient tout rouge, il en hurle jusque sur le trottoir « voyou, pédé, coco, juif, gauchiste ! ». Je passe à la poste pour faire garder mon courrier, je reviens à deux heures de l'après-midi, le chien-loup me saute dessus, le petit gardien souriant le calme, « couché, César, couché ! », il propose de porter mon sac, non, merci, sa femme maigre et noire jette un coup d'œil soupçonneux sur mon apparition, je pénètre dans la maison, je retrouve ma chambre.

Bon, comme je n'ai pas beaucoup mangé ces derniers jours, je vais dans la cuisine : jambon, tomates, pommes, il y a même de l'excellent vin. Et puis visite des lieux.

Un parc, donc, avec une prairie en pente douce vers un bois de chênes. On n'est pas loin du château. Deux bassins abandonnés, des bancs de pierre, des massifs mal délimités, le gardien ne doit pas être très jardinier. Dans la maison, un salon en rotonde, une salle à manger, deux bureaux, une grande bibliothèque. En haut, cinq chambres, l'une d'elles est fermée à clé, celle de Dora, sans doute. Tout de même, elle n'a pas eu peur de la présence d'un inconnu chez elle. Je sais bien qu'on a fait rapidement et intimement connaissance la veille, mais qu'est-ce que ça prouve ? Rien. Comment est-elle, d'ailleurs ? Pas très grande, brune, les yeux bleus, la peau blanche et douce, les cheveux courts. Petite bouche fonceuse, voix décidée, corps ferme. Désirable, pour moi, en tout cas. Qu'est-ce qu'elle fait dans la vie ? Médecin, architecte, avocate ? Un truc comme ça. Je ne connais toujours pas son nom, le papier à lettres dit juste l'adresse. Pourquoi habite-t-elle ici plutôt qu'à Paris ? Seule ? À moitié ? Pour l'instant ? Depuis quand ? À moins qu'elle vive *aussi* à Paris ? Et le mari ? Mais il n'y a peut-être pas de mari ?

La bibliothèque, surtout, est étrange. Vieux livres reliés, éditions rares, seizième, dix-septième, dix-huitième, volumes alchimiques et gravures chinoises. Un érudit a vécu là, ou y vit encore. Dora ne m'a pas semblé être une lectrice de quoi que ce soit, mais il est vrai qu'on n'a pas échangé cent mots.

Presque pas de meubles. Tout donne l'impression d'avoir été improvisé au cours d'un déménagement forcé, dans l'attente d'un autre lieu. Il y a la bibliothèque, en somme, et la maison autour. Je m'installe à une petite table dans ce musée de livres bien entretenu, près d'une porte-fenêtre donnant sur l'herbe. Instinct ou hasard, je prends une édition ancienne des *États de la Lune et du Soleil*, de Cyrano de Bergerac. Son portrait ouvre le volume, long visage intense, avec, en légende, le quatrain fameux :

> *La Terre me fut importune,*
> *Je pris mon essor vers les Cieux,*
> *J'y vis le Soleil et la Lune,*
> *Et maintenant j'y vois les Dieux.*

En toute modestie, donc. Normal que ses ennemis, après lui avoir empoisonné la vie, aient fini par lui faire tomber une poutre sur la tête. Je commence à lire : « La lune était dans son plein, le ciel était découvert, et neuf heures étaient sonnées... » Neuf coups dans la nuit, silence. Allez savoir pourquoi, cette aventure me paraît à ce moment présente, répandue dans l'air. J'arrive au passage où Cyrano, en rentrant chez lui, trouve un livre ouvert à une certaine page sur sa table, un livre qu'il n'a pas mis là, qui est donc venu se révéler à lui de lui-même. « Le miracle ou l'accident, écrit-il, la Providence, la Fortune, ou peut-être ce qu'on nommera vision, fiction, chimère, ou folie si on veut... » J'ai toujours cru, moi aussi, que les livres étaient des instruments magiques, indiquant quand il faut à qui il faut l'attitude à avoir, le chemin à suivre. Ils font semblant d'être inertes, mais ils agissent en sous-main. Le papier renferme des atomes non encore connus, l'encre sécrète des particules invisibles. Soudain, j'ai sommeil. Il y a un divan de cuir noir près de la table où je suis assis. Je m'allonge. Je dors.

On me caresse les cheveux, les joues. J'ouvre
les yeux, c'est elle. Il fait sombre. Je l'attire sur
moi, on s'embrasse fort, on est bientôt serrés sur
le tapis, j'entends grogner le chien, il est jaloux,
elle se lève, ferme la porte à clé, allume dans un
coin une lampe rouge, et cette fois on ne baise
plus, on fait l'amour. La différence est très grande,
elle est musicale, ça ne s'écrit pas de la même
façon. Au lieu du monologue parallèle qui se fait
passer pour dialogue, une conversation chiffrée.
Au lieu de ce qui fait semblant d'être interdit, ce
qui est *vraiment* interdit. Au lieu de la violence
toujours plus ou moins simulée, le crime. Le
crime est doux, souple, insidieux, curieux, il ne
se satisfait de rien, il veut aller plus loin, savoir
davantage. Question ? Réponse. D'accord ? Oui,
mais on pourrait nuancer. Un peu plus, un peu
moins, on a tout le temps, rien ne presse, le feu
insiste sous la cendre des mots, les premiers sont
les meilleurs, les premiers « chéri » et « chérie »,
les premiers « je t'aime » ou « je t'adore », on les
dit forcément une fois ou l'autre *pour de vrai*, la
question étant de mesurer à quel creux ils ren-
voient, à quel enfouissement d'odeurs, de peau,
de langue, de salive, de souffles. Tu me sens ? dit
un point précis à un autre point précis. Je suis là,
dit quelqu'un qui n'est pas le quelqu'un spatial.
Il vient de loin, ce quelqu'un, on ne sait pas
d'où, à travers des milliers d'échecs ou de lueurs

brèves. L'amour est un art de musique, comme l'alchimie.

C'est contre le crime d'amour que se font tous les crimes. Facile à vérifier, et pourtant personne ne le dit.

ET VOUS ?

RENCONTRES INSOLITES

QUAND ÇA COMMENCE MAL...

ESPOIR ?

COUP DE FOUDRE !

ET VOUS ?

Copyrights

COUP DE FOUDRE !